夢、遙か

砂原和雄

静人舎

日は昇り、日は沈み
あえぎ戻り、また昇る

（旧約聖書・コヘレトの言葉　1の5）

目次

カバー写真　エジプト、シナイ山の日の出
len4foto/PIXTA（ピクスタ）
カバー装幀　小林茂男

夢、遙か

第一章　止まって見えた大時計の針

その日の朝、西郷隆は東京・世田谷の自宅玄関を出たところでふと立ち止まり空を見上げた。霞んだように薄雲が広がっている。東の一角が明るいのを目にしたあと、何かに急かされるように駅へ向かって足早に歩いた。街の風景も通勤電車の中も普段と同じで目新しいものは何ひとつなかった。それが日本橋の会社に着き玄関先に足を一歩踏み入れたとき異変を覚えた。

正面玄関の壁に掛けられた大時計の針が止まって見えた。西郷は一瞬ぼうっとして辺りを見渡した。腕時計で確かめると、午前七時を回ったばかりでいつもの出勤時間より一時間三十分ほど早く、始業時間の九時までに二時間近くもあった。それなのに何か不安な気持ちに襲われるのだった。受付もエレベーターの前も灯りが消えたままで人の気配はなかった。

ひとりエレベーターに乗って九階に上がり総務部のドアを開けると、ガタンと音がして、あわてて椅子から立ち上がる者がいて、西郷を緊張させた。

「部長、おはようございます」

秘書の酒井芳江であった。西郷はほっとした。

「やあ、早いね」

芳江は濃紺の制服に着替えていた。

「今日は、部長がいつもより早い時間に出勤されるような気がしていました」

芳江は先週末まで西郷の秘書で四十歳近いのに年よりずっと若い印象を与えた。何かにつけよく気の回る女性で西郷が十年前に取引銀行からこの会社に移籍してきたときからの秘書であった。

「いゃあ、今日から部長ではないよ」

「西郷さんは、私にとってずっと部長です」

「そういってくれるのはうれしいが、そんなことを口にしては新しい部長に嫌われる。気持ちだけでいいよ」

「はい、そういたします。これからもよろしくお願いいたします」

西郷はそれに答えず、部屋全体を見回していた。先週まで何もなかった入り口の右側の壁際にどこから持ってきたのか古びたスチール製の机が二つ並べてあり、その一つの片隅に黒い電話がぽつんと置いてあった。

「本当に、申し訳ないですが、部長の席は向こうの右側、電話のある机だそうです。先週の金曜日の夕方、新しく部長になられる山田さんが総務の若い人に指示されていました」

芳江はすまなさそうな顔で額に皺をよせ壁の方を向いて頭を下げた。先週末まで何かのポスターが貼ってあった壁にはぎ取った跡が白くなっている。

「ありがとう。それでは、私はコーヒーを飲みに外出して、九時に部屋に来るからね。一度ここへ顔を出したことは話さないでおいてくれ」

「はい。承知いたしました。私もご一緒したいのですが、今日は遠慮させていただきます。新しい部長が着任されますので……それに、ご迷惑をかけてはいけませんから」

西郷は灯りのついていない廊下を足早に歩き、会社の外に出た。空を見上げると依然として薄雲が漂っている。振り返って会社のビルを眺めると、どことなく白々しく見える。と、にわかに淋しい気持ちが身体中に広がった。それにしてもあの机の配置は酷すぎる。あれでは窓際族ではなく壁際族ではないか。言うに言われぬ怒りがこみ上げてきた。通い慣れ、自宅の延長のようにさえ思ったことのある会社の建物がよそよそしく感じられた。

三月末の金曜日に、西郷は『部長職を解き調査役を命ずる』という四月一日付の辞令を受けていた。調査役とは部長職を離れた人に付ける肩書きで、月初めに役職定年にあたる五十七歳の誕生日を過ぎた西郷は今日から部下のいない社員で、机の配置も変わることになっている。

定年は六十歳なのだが、役職定年を過ぎると、会社に残っても大方の人は仕事がなくなる。いわゆる窓際族になった。同じ部に残って、居心地が良いかどうかは後任の部長やそれまでの部下の先輩を思う気持ち次第で決まった。

役職定年になったあと、どのような扱いを受けるか、それが最初にかたちとなって現れるのが机の配置であった。

役職定年制は五年前に発足した。当初は五十八歳だったが、二年前に五十七歳に一年繰り上がった。調査役になると、役職手当が削られるため給料やボーナスがその分少なくなった。

会社の人事部は役職定年になる二、三か月前に対象者に対し再就職の意向を確認する。希望する人には関連会社とか、子会社への再就職を斡旋した。その場合、定年は六十五歳までとなるが、給料は概ね半分以下になった。

西郷は十年前、親会社にあたる銀行から総務部長として移籍してきた。銀行での経歴からして通常なら五年を待たずして取締役に昇格してもおかしくなかった。自分でもそう思った。しかしその後、環境が一変した。金融証券不況が深刻化し、銀行の役員が掃き出されるようにして天下ってきた。西郷の取締役になる芽は二年前に消えていた。

優秀で能力があるのに何かの理由で役員になれない場合には、役員待遇理事といって六十二歳まで管理職に留まる制度があったが、この制度も一年前に廃止されている。

「まったく、申し訳ないというか、言いにくいことなのだが、こう環境が厳しくなってはどうしようもない。関連会社、子会社といっても気に入ったところは少ないと思うが、この会社に残るよりは気分が変わっていいかもしれない」

同年輩の人事部長が西郷に言ってきたのは三か月前だった。

「ありがとう。俺は少しのんびりしたいと思っている。といって、会社を辞めてしまうのも何だから、敢えて窓際を選ぶよ」

「そうか。ショックが大きいというぞ。最近の若い者は礼儀をわきまえないからな。無理するなよ。会社にはこれまでに充分尽くしたのだ。適当に休みをとって気晴らしすることだ。困ったことがあったら言ってくれ。これでも古参の部長だ」

西郷は銀行時代の蓄えもあり、子どもはいないので妻と二人これからの生活に困ることはなかった。

問題は窓際の居心地であった。ショックが大きいぞと言った人事部長の言葉が気になった。

後任の部長の名前が取り沙汰されだしたころから部内の雰囲気は微妙に変わっていた。西郷が若い部員を昼食に誘うと、「今日は先約がありますから」とすげなく断られた。

役職定年まで半月となったところで、後任の部長が内定したとのニュースが流れ、「新部長の歓迎会を開こう」という話が持ち上がった。なかには、今の部長はそのままこの部屋にいるとしても部長ではなくなるのだから「部長歓送迎会にしたらどうか」と露骨に口にする者まで現れた。

西郷は心の中で、こんなことは想定の範囲内と思ったが、いらいらはつのるばかりであった。長年にわたって積み上げてきたサラリーマン人生が一気に崩れてゆく悲哀を味わう毎日であった。数年前、勤務中にかねて用意していた辞表を部長に叩きつけ、窓際の自分の机を蹴飛ばして部屋を出て行った先輩がいたことが、急に懐かしく思い出された。

午前九時ちょうどに部屋に戻ると、先週まで西郷が座っていた部長席でにこにこしている山田郁夫の顔が一番に目に入った。西郷は真っ直ぐ壁際の机に向かい、何も置いてない机の上に手にした週刊誌を投げるようにして置くと、部長席に向かった。

「やあ、私から特別に引き継ぐことはない。あなたの考えどおりにやればいいと思うが、念のため簡単な引き継ぎ書をつくって机の引き出しに入れておいた。細かいことは次長に聞けばわかる。また、秘書の芳江さんが気を遣ってくれる。私はしばらく自由にさせてもらいたい」

昴る気持ちを抑えつとめて淡々と言った。

「温かいお言葉、ありがとうございます。どうぞ、ごゆっくりなさってください」

真新しい光るネクタイをした新部長はご機嫌に見えるがまだ席に収まっていなかった。部長席の前の席で俯いたままじっと耳を傾けていた芳江が顔を上げ軽く頭を下げた。次長や課長がこの様子を遠目に眺めていた。

「あっ、そうだ。部長交代の朝礼をやりましょうか。この場でよろしいですか」

「よかろう。私から別に話すことはない」

「いや、思いの丈を述べてください」

と言うと、山田はいきなり立ち上がり机に両手をついたまま大声を上げた。

「おおい――。ただ今から部長交代の朝礼を行います。その場で立ってください。それでは西郷さん、部長退任の弁を――」

「特別の感想もない。長い間、ご協力ありがとう。これからも、その辺にいるからよろしく」

「えらく簡単ですね。本日より私が部長となります。私は——そうですね。私の考えは別途、あとから述べることにしましょう。それでは、これで朝礼を終わります」

あまりのそっけなさに、くすくす笑い声が漏れた。その笑い声は西郷に向けられたものか新部長に向けられたものかわからなかった。

部長の引き継ぎを終えた西郷が壁際の自分の席に戻り、椅子を手前に引いて座ろうとしたとき、芳江がさっと近づき後ろから声をかけた。

「何か、ご用があったら、おっしゃってくださいね」

西郷はちらっと振り向き芳江の顔を見たが、すぐに正面の壁に向き直り、

「別にないから」と、ぶっきら棒に言った。が、すぐにもう一度振り返って、

「ありがとう」

独り言のように言った。そのとき芳江は自分の席に戻ってその場にいなかった。西郷は芳江が今しがた見せた真剣な眼差しが心に残った。また、芳江が右手の中指に翡翠の指輪をしているのに気づいた。その指輪は三年前、西郷がバンコクへ出張したとき土産に買ってきてあげたものだった。

電話が一台あるだけの机の上は、朝一番に拭き掃除したとみえ、塵ひとつ落ちていなかっ

た。毎朝、西郷の出勤前に机を磨くように拭いていた芳江の姿が思われた。古びた机で右端は白っぽく変色している。その部分に手を当てると温もりが伝わるようで新しいものよりいいと思った。

椅子は長年座っていた肘掛の付いた部長椅子ではなく一回り小さい一般社員用のものであった。西郷は、いったん座ったあと少し低い感じがして立ち上がり、前後に動かして座り直してみたが、座り心地は変わらなかった。先週までの部長席にはいつも書類が三つ四つ積んであり、また、新聞や経済雑誌も手の届くところにあって気が向いたときにいつでも読めた。しかし、今は机に向かったものの何もすることがなかった。

そっと振り返って見る。部員はときどき山田部長のほうに顔を向けても西郷に目を向ける者はいなかった。芳江はどうかと思ったが、周囲を気遣っているのかその素振りを見せなかった。

西郷は何をしようかと考えたが、すぐに思い浮かぶこともなく上着の内ポケットから手帳を出すと、裏表紙に挟んである手書きの電話帳を抜き取り一頁の上から順番に点検することにした。十年前から使っている古いもので、黄ばんだ一部は消えかかっている。大蔵省の局長や通産省の幹部、取引銀行の本支店の役員や課長などこれからは電話をかける必要のないように思えてきた。西郷は名前の上にボールペンで線を引いて順番に消した。

名簿の終わりの部分は昔からの友人、親戚、家族などの名前が書いてあり、なかには鬼籍に入った友人の名前も載っている。その中に小さく「マサコ」と片仮名で書いた名前があった。銀行時代に付き合いのあった女性で、この会社に移ってからは一度も電話したことはなかった。西郷は、ふとその番号にかけて見たくなった。そして、受話器を手に取ったときだった。

「はい、西郷さんは席にお見えです」

と、芳江のひときわ大きな声が聞こえた。普段とは違ったうわずった声だったので周りの者が驚いて顔を上げている。西郷も思わず振り向いていた。芳江が慌ただしく席を立ってきた。

「社長がお呼びです。すぐに社長室に来てくださいとのことです」

「この僕にか――」

「はい、西郷君はいるか、と言われました」

社長が直接電話して部長を呼ぶことは滅多になかった。あっても一年に一度あるかないかで、それは特別に何かを依頼するときであった。

山田は、何だろう、部長の俺を差し置いてと言わんばかりの顔で西郷のほうを見ていた。

「社長は、今日付けで部長が替わったのを知らないで電話してきたのではないか。社長秘書に確認してくれないか」

西郷はそんなことはないと思ったが、山田部長に聞こえる声で言った。

芳江が「どうして」と言わんばかりに不満そうな顔をしながらすぐに受話器を取り丁寧に問い合わせている。

「間違いないそうです。社長は西郷さんに用があるそうです」

と、落ち着いた声で言うと、山田部長をちらっと見て、西郷に向かって頭を下げた。

「わかった」

西郷はゆっくり立ち上がると背筋を伸ばし堂々と部屋を出て行った。山田部長はじめ十人あまりの部員全員が西郷の後ろ姿を見ていた。

社長室のドアを開けると、大きな社長机の前のソファーで社長と西山副社長がテーブルを間に向かい合って座っていた。社長の手招きに従って西山副社長の隣に座ると、いきなり社長が言った。

「今、西山君と話したのだが、君、来月から太陽リースに行ってくれないか。六月に社長になってもらいたい」

「えっ、私がですか――」

「そうだ。君は銀行で営業と総務をやり、この会社に移って総務を中心に重責を果たしてくれた。本来ならこの会社の役員になってもらいたいところだが、何分、役員の数を大幅に減らそうというときだけになかなか思うようにいかない。太陽リースは君に説明するまでもないが、わが社の系列会社で規模は小さいがそれなりの仕事をしている。ただ、御多分に洩れず、バブルのつけが残っている。それをこの辺で清算しなければならない。それさえきちっとすればこれからも充分に伸びる会社だ。どうだ、引き受けてくれないか」

社長は、西郷を見据えて畳み掛けるように言うと、西山副社長のほうへ顔を向けた。「実績、能力からして君が適任であると私からも推薦した。銀行の了解も内々にとってある」

西山副社長は、銀行時代に同じ部で仕事をしたことがあり、旧知の間柄だった。しかし、この会社に移ってからの十年間余りは親しく口をきいたことはなかった。

「ご推挙いただきありがとうございます。何分、突然で、思い掛けないことですので、返事は明日にさせていただきとうございます。よろしいでしょうか」

「うん、よかろう。この人事は重要な案件なので、誰にも洩れないように社内でも充分に注意してほしい。いいね」

社長は、口を『へ』の字にして念を押して言った。

「承知いたしました。それでは、失礼いたします」

十分足らずの短い面談であった。丁寧に頭を下げて社長室を出た西郷は入るときより緊張していた。足が重かった。

「この人事は重要な案件か——。何かある」

西郷は頭の中で繰り返しつぶやきながら廊下を歩き、総務の部屋に入ろうとしてドアの前で立ち止まった。部員たちは社長に呼ばれたことを知っており、顔を合わせれば何事かと探りを入れた目で見るだろう。素知らぬ顔でいればいいとも思ったが、そのまま外出することにした。

裏口から通りに出て近くの喫茶店に入ると、同期の川上に電話をして呼び出した。川上は財務の部長で西郷より一年若く、役職定年にまだ間があった。川上はすぐに来た。

「今日から役職定年になったのだが、何もすることはなく暇を持てあましている。忙しい現役部長を呼び出してすまない」

「いや、それは構わないが……何だ、そんなにのんびりした顔をしていないではないか。何か俺に聞きたいことがあるのだろう」

「まあね。のんびりしようと考えていたのだが……。ところで、太陽リースは今どうなっている」

太陽リースと聞いて、川上は目をむいて息を呑んだ。

「年度末に、ということは先週末に具体的な整理案を固めて社長に上げたばかりだが、太陽リースは二年以内に清算することにした。不良資産が多すぎて会社を存続するのは無理なのだ。といって、すぐに潰してしまうわけにもいかない。近く経営陣の入れ替えをするはずだ。これまでの人を残しておいては荒療治ができないからね。言うまでもないが、これは極秘事項だ。何があったか知らないが、俺は今日君に会わなかったことにするよ。いいね。それじゃ——俺は一足先にここを出るからね」

「どうもありがとう。感謝する。おれは、のんびりした人生を選ぶつもりだ。これからは、君たちがあっと驚くような人生を送りたい。僕の夢だ」

川上を見送ったあと、西郷はしばらく椅子に掛けたまま腕を組みじっと目を閉じていた。社長が直接口にした人事を断ったら、ただではすまないだろう。もしかすると、このまま壁際にいることもできなくなるかもしれないと思われた。

喫茶店を出ると外は明るかった。思わず空を見上げると雲一つなく太陽が眩しく目に痛かった。西郷は、さてどうするかと考える。のんびりした人生を選ぶつもりだ、と川上に告げたものの、何の当てもない。一度部屋に戻ろうかと思うが、気づくと会社とは反対の方向に歩いていた。そろそろ昼どきと気づき、芳江を呼んで何かおいしいものでも食べようと思う。芳江は喜んで来てくれるだろう。だが、もう秘書ではない。気安く声をかけるのは好ましくない。あとから迷惑をかけそうな気がしてきた。そのうち隅田川のほとりに出ていた。

西郷は、ひとりで遅い夕食をとったあとぽつりと言った。

「青い海を見に行こうと思っている」

「えっ、いま何か言った？」

隣りのソファーで女性雑誌を広げていた妻の奈美は顔を上げた。

「ちょっと旅行してくる。明日の午後の新幹線で発つ。まあ、二、三日で帰るつもりだから別に用意しなくてよい」

社長から子会社の社長の内示を受けた夜、西郷は妻に心境を明かそうと思った。役職定年で部長を外れたことも一か月ほど前から話そうと思いながらそのままになっていた。

「このところ、いろいろあってね。二、三日会社を空けたほうがよさそうなのだ。それで、前に一度行ってみたいと話したことがあるだろう。空青し山青し海青し、紀州、詩人、佐藤春夫の生まれた所だよ。もうすぐ五月だ。青い海が見られると思う」

「あなた、大丈夫？　このところ、疲れ気味だったから、お仕事が大変なのかなと思っていたけれど」

「今日、社長から、子会社の太陽リースに行ってくれないかと打診された。六月にその会社の社長になれっていうのだ」

「まあ、社長さんになるの。それは大変ね。太陽リースって、どんな会社」

「小さなリース会社だ。本当のところはよくわからないが、財務部長の話では二年後になくす方針の会社だそうだ。もしそうなら、そこで働いている百人余りの人の生活を考えてやらないといけない」

淡々と話した。西郷が会社の話を家ですることは滅多になかった。妻が聞かなかったからでもあるが、口にしてもしようがないと思っていた。しかし、ここまでくると話しておいたほうがよいと思った。

「それで、引き受けたの……。社長さんからの話では断れないわね。でも、潰れることが決まっている会社の社長なんて、ひどい話ね」

「潰れる会社と決まっているわけではない。まあ、問題会社には間違いない」

「もうすぐ定年でしょ。今さら、そんな会社の社長になってもね。あなた、定年になったらやりたいことがあると言っていたわね」

「うん。それで、いろいろ考えるわけだ」

「青い海を見に行く――断るということね」

「まあ、そういうことになる」

「すると、会社にいられなくなるわね」

「五十七歳になって、今日から部長ではなくなった。役職定年だ。定年の六十歳まで会社にいたとしても窓際族だ。大概の者は子会社とか関連会社に行くけどね」

「あら、そうだったの。それじゃ、潮時かもしれないわね」

「君もそう思うか」

「私は、あなたが好きなようにしたらいいと思うわ。でも、まだ老け込む年ではないわね。年金もらう年でもないし」

「今までのようなわけにはいかないが、生活のほうは何とかなるかと思うが――」

「そうね。何とかね。でも、あなたは毎日どうするの。やりたいことって具体的に何なの」

「まあ、これからだ。夢を膨らませたいと思っている。第一、君と仲良くやっていきたい」

「まあ、仲良くなんて、今さら何を言い出すの」

二人の話はそこで途切れた。しばらくして妻が大きなため息をついた。

翌朝も、西郷はいつもより早く出勤した。部屋には芳江がすでに来ており、西郷が壁際の席に着くとすぐお茶を出した。

「ありがとう。朝、お茶を出すのは部長だけということになっているのではないか」

「そんなことおっしゃらないでください。昨日は、社長さんのところから、まっすぐお帰りになったのですか。お戻りにならなかったので部長が気にしておられました」

「部長には関係のないことだ。私は午後から出かける。そして、二、三日休暇をいただくからよろしく頼むね」

「はい、承知いたしました」

と答えて、芳江は西郷の顔をそっと見た。

お茶を飲むと、西郷は黙って部屋を出て社長室へ行った。社長は日によって社員より早く出社してひとり新聞を読んでいることがあった。この日も早かった。

「西郷君、おはよう。どうした」

「昨日の件で伺いました。よく考えましたが、社長の任は今の私には重過ぎます。ご意向に添えなくて申し訳ありませんが、ご辞退いたします」

「そうか、それで、君は――」

「いつの日かエジプトの古代遺跡を見て回りたいと思っていましたが、その時機が訪れたのではないかと感じています」

「そうか……。うん、君は幸せだな。わかった。昨日の話はなかったことにしよう。西山副社長には私から話す。まあ、古代遺跡を見て回るのは数年あとでもいいだろう。といって、窓際の席に何もしないでぼうっと座っているのはよくない。人事部長に考えるように言っておこう」

「お気遣いありがとうございます。わがままを言って申し訳ありません。今日の午後から休みをいただいて二、三日、旅行して来ようと思います」

「結構だ。気分転換をしてくるといい」

丁寧に頭を下げると、西郷は社長室からそのまま外出した。通りに出て空を見上げると青空が広がり雲ひとつない。すっきりした気分であった。東京駅へ行く途中で人事部長に電話して、「休暇をとって二、三日旅行するからよろしく」と言った。人事部長は「私は、君の管理をいいつかっていないぞ。何かあったのか」と勘を働かせていた。

西郷は学生のころに佐藤春夫の詩集を読んで以来、いつの日か紀州の青い海をじっくり眺めたいと思っていた。いま青い海を見たらここ一か月余りのもやもやした気分が一掃できるような気がした。そう思うと、心の中で海は広がり、青さを増していった。

名古屋で東海道新幹線から特急南紀に乗り換え三時間二十分、終点の勝浦に着く。その夜は、駅前の観光案内所の紹介で近くの湯川温泉に泊まった。翌朝、新宮に向かい、神倉神社の急な石段を登って展望台から紀州の海を眺望した。

明るい太陽のもと、きらきら光る市街地の屋根の向こうに南国の青い海が開けていた。

その青い海を眺めていると身体中にはびこっていたわだかまりがすっと消えていった。西郷は生きている幸せを実感した。

その日は夕方のバスで熊野本宮大社に近い湯峰温泉に向かい、こぢんまりした宿をとって、そこから妻に電話した。

「元気だ。すっかり気分が良くなり、何か新しいことをやりたくなってきた」

「そう、よかったわね。今日の夕方、会社の人事部長さんから電話があったわ。戻ったら来てほしいって。何か心当たりでもあるの」

「何もないね。紀州の海は本当に青いよ。空青し山青し海青しだ。明日の午後には白浜に出て、夕方の飛行機で帰る。次回は二人で旅行しよう」

「……そうね」

あまり気乗りしない返事に、西郷はふと芳江の熱いまなざしを思い浮かべた。

三日の休暇をとって朝の九時に出社すると、芳江がさっと席を立ってきた。

「さきほど電話がありました。人事部長がお話ししたいそうです。ご旅行はいかがでしたか」

「いや、ありがとう。大いにリフレッシュしてきた。そのうち一杯やろう」

「よかった。すっかりお元気になられて、楽しみにしています」

芳江はにっこり微笑んだ。つられて西郷も笑った。二人が向き合って笑顔を見せるのは久しぶりだった。


「君はエジプトの古美術とか、歴史に造詣が深いそうじゃないか。私は初耳でそうとも思わないが、社長が言っているのだから間違いないだろう。実は、五月一日付で社長直轄の調査室をつくる。とりあえずは外注している社史編纂の取りまとめでもしてもらえばよい。君はその担当だ。あと若い女性を二人くらいつけるから問題を起こさないようにしてほしい」

にこにこしながら人事部長は言った。

「すると、壁際の席から解放されるわけか。いや、突然で驚いているが、感謝感激だ」

西郷は、明るい顔で頭を下げた。

「君は幸せな男だよ」

人事部長はにやにやして、西郷の顔を見詰めていたが、それ以上は話さなかった。

『人は、自分で思っているほど、幸せでも、不幸でもない』――

エレベーターを降りて廊下をひとり歩いているとき、西郷は日曜日に読んだ本の中の一節を思い出した。ものは考えようだ。窓際族になって部下もおらず、寂しいと思えば寂しいが、ストレスもなくこんな気楽なことはない。問題はこれといった仕事のないことだが、それも、これまでに充分働いてきたからだと思って割り切ればよい。五月一日まで一か月近くある。新しい部署で何をするか気にならないわけではないが、そんなこと考えても始まらない。それまでつとめて明るく振る舞うことにした。

「お早う。今日はニュー・ファッションだね。きれいな色だ」

と、若い女性社員と顔を合わせたら先に声をかける。そんな朝が二、三回続くと、

「あら、部長さん。若く見えるわ」

と、女性社員も気軽に答えるようになった。

そして、朝決まった時間に壁際の席に着くと駅の売店で買ってきた週刊誌をめくったり、ときには会社を辞めたあとの人生についてあれこれと思いめぐらす時間が多くなった。新聞も隅から隅までじっくり目を通し、世の中の動きについては以前よりずっと詳しくなった。一方、日増しに疎くなる感じの社内情報のなかで、部長時代には入ってこなかった会社の裏の動きが伝わってくるようになった。なかには、まさかと耳を疑うような情報もあった。

「君も管理職を離れたから言うが、上のほうは大変らしいよ。社長と西山副社長との軋轢

はいよいよ強まりそろそろ表沙汰になりそうだ」

　この類の電話は大概十一時過ぎにかかってきた。相手は同期か一、二年先輩で、なかには管理職に留まっている者もいた。最初に思わせ振りな話をして、「どうだ、昼は空いていないか」と昼食に誘うのだった。その言葉に乗って出かけると、具体的な話は何もなく、「君も、若い部長の下で大変だな」と、同情とも慰めともつかないことを口にしたあと、「何かあったら知らせてくれよ、なあ」と念を押される。あまり愉快な気分にならないことが多かった。

　しかし、社長と西山副社長とがうまくいっていないという情報は頭の中にインプットしておく必要があった。二人の間が剣呑になれば人事部長の言ってきた調査室の行方にも影響しそうだ。社長と西山副社長との年齢差は二年余りしかなく、つい最近まで西山副社長に社長の芽はないと見られていた。二人の間に軋轢が生じているとすれば情勢に変化があったことになる。今さらそんなことを考えたり気にするのは馬鹿らしいと西郷は反省したが、長年の習性はなかなか抜けきれなかった。第一、周りがそうした人間ばかりなのだから、多少のことはやむを得ないところであった。

　週末の昼過ぎに、銀行時代の同期から電話が入った。

「久しぶりだな。元気かい。ところで、同期会の連絡だが、五月末に開くからそのつもりでいてくれ」

「五月末、日時は決まっていないのか。私のような窓際族は構わないが、総会前は忙しいのではないか」

「総会が終わったら集まりが悪くなるから、前に開け、という声があってね。日時を詰めているんだ」

「何だって、集まりが悪くなる――何か起こるのか」

久しぶりに話す相手であったが、つい引き込まれて聞き返した。

「どうかなあ、西部銀行の不祥事が新聞に載っていただろう。同じようなことは多かれ少なかれどこの銀行にもある。上は早めに手を打っておこうと考えているようだが、問題はいつどれだけ表に出るかだ。君も銀行にいたのだから予測がつくだろう。金融庁の調査はかつての大蔵の調査とは比較にならないほど厳しい。やり方が全く違うのだ。十年前に遡って責任を追及するという。それに、役員には株主訴訟の恐れもある」

「それで、早めに手を打つとは――」

「大蔵や日銀の天下りは逃げ足が速いが、プロパー組も負けないように少しでも嫌疑のかかりそうな者は今のうちに一掃しておこうとしているようだ。まあ、これは噂話だが。とにかく、KGBのリストに挙げられたら、それまでだ。長官が誰だかもわからないが、君のところを含め、関連会社に出ている人も対象になっているという。先日、君の会社の社長を役員室の廊下で見かけたよ」

「ＫＧＢか。それにしても現役でたくさんの報酬を貰っている人は大変だね」

「現役とは限らないよ、十年前に遡って蒸し返され、当時の担当者は誰だと追及されだしたら、君だって真っ白というわけにはいかないだろう。まあ、そんな心配はないと思うがね」

「脅かすのではないよ。私はどこを叩いても塵ひとつ落ちない。まあ、何だかんだといって若返ることになるわけか」

「結果的にそうなるかもしれない。まあ、あと一か月もすれば、外に追い出される者がわんさと出かねない。いったん外に出てしまうと同期会にも顔を出さない人が多くなるから、内示のうちに一度集まっておこうというのだ」

「ぼやきの会になりそうだな。それもいいだろう。ひとりでもんもんとしていたり、人を恨んだりするのは健康に良くないからな」

「そのとおりだ。俺たちの時代は終わったのだ。恨みっこなしといきたいね。それにしても、君は変わったね。話していて、ゆとりというか余裕が伝わってくる。君と話していたら、朝のうちから何だかんだと考えていたことが馬鹿らしくなってきた。一緒に酒を飲むのが楽しみだな」

長い電話であった。西郷は受話器を置くと首を回しながら電話の内容を振り返ってみた。くだらない話のような気がした。後ろに人の気配を感じて振り返ると、芳江が立っていた。

「人事部長さんが連絡してほしいとのことです。私からいたしましょうか」

「ありがとう。私からするからいい」

前に向かって机に座ったまま答えた。すぐ退いた後に芳江の残り香が漂った。同期会より芳江とゆっくり飲みたいと思った。人事部長に電話しようとしたところへ、向こうからかかってきた。

「随分と長い電話だったね。コーヒーを飲みに出ようか」

「やあ、ありがとう。すぐ行くよ。いつもの所だね」

立ち上がると、芳江のほうを向き軽く右手を挙げて合図した。芳江は頭を下げてこれに答えた。

喫茶店の重いガラスのドアを押し開けると、奥の椅子で先に来ていた人事部長が手を挙げた。

「準備が整ったので、調査室を予定どおり五月一日に発足させる。明日の役員会にかけることにした。場所は五階の経営企画室本部の脇にある小会議室だ」

「あそこは、明るくていい部屋だ。よく確保できたね」

「何といっても、社長直轄の調査室だからね。どこでもいいというわけにはいかない。机は五つ置くがとりあえず人員は君を入れて三人だ。それにパソコン、ファクス、直通電話など本部並の装備をする。君の肩書は理事、限られた古手の部長待遇ということになる」

「それで、仕事は何をするんだ。社史編纂の取りまとめといったが、そんな仕事は知れている」

「追って社長が話すだろうが、いつ何が起こるかわからない時代だ。金融庁、日銀、業界、海外の動向をよく見ておいてくれ、ということだ。具体的に何をするかは、君も考えてほしい。体制ができたら言ってくれ、優秀な課長クラスを一人か二人付けてやる」

「何だ。窓際の仕事ではないのか。俺はもうがつがつ働く気はないよ」

「やり方次第だ。本来は取締役の仕事だろう。そうもいかないから、古参の部長にやってもらおうということだ。まあ、初めから難しく考えないでやったらいいと思う。それで、付ける女性だが、よければ前の秘書を連れていってよい。もう一人は若い子にする」

「それは気心が知れているのでやりやすいが、ただ、いうまでもないことだが、私がいつまでもこの会社にいるわけではない」

「後々の心配はしなくても大丈夫だ。実は、君の後任の部長が秘書を代えてくれと言ってきているのだ。それに、社長特命の仕事となれば、誰でもいいというわけにはいかない。

彼女なら安心だろう」

「わかった。人事部長の采配に従ったことにしておいてくれ」

「まあ、古代遺跡を回って歩くのは先に遠のいたね」

人事部長はにやにや笑った。

人事部長から新設の調査室へ移る内示を受けたが、しばらくこれといった仕事はなさそうだった。ゆっくりした足取りで総務部へ戻ると、真っ先に自分の机を見る。これは、長年のサラリーマンの習性のようなものだった。壁際の机の上に電話が一台ぽつんとあるだけで何の変化もなかった。

西郷はゆっくり椅子に座ると、すぐ右手を伸ばして電話の受話器をとった。どこかへかけてくれといっているように見えた。受話器を手にしたあと、手帳を出してぺらぺら頁をめくった。そのとき、先日、社長に呼ばれたためかけそこなった「マサコ」の名前が目についた。

雅子は西郷が証券会社に来る前、銀行の総務にいたとき知り合った女性で、毎週水曜日の夕方に女子行員に生け花を教えに来ていた。小柄で小股が切れ上がった西郷好みの女性であった。眉が濃くいつも大粒の真珠の耳飾りをしており、真珠の輝きが耳たぶを桜色に染めていた。西郷はこの会社に移ってから雅子に一度も電話をしていなかった。昼間に昔の女性へ電話するのはどうかと思ったが、この時間なら雅子は家にいるという気持ちが先だった。

「もしもし、西郷です」

「あら、西郷さん。まあ、西郷さんなのね――」

懐かしい女の声であった。声に艶があった。

「うん、電話番号が見つかって、いや、思い出したのだ」

「えっ、どうしたの。電話番号が見つかった。それで思い出したというわけ――。十年、いや、もう十四、五年経つわよ。勝手なこと言って済まないが連絡は自分のほうからすると言ったわね。それで私、ずっと待って、いつまで経っても連絡がないから身体でも壊したのではないかと気になって銀行へ問い合わせたら、もういません、でしょ。いつからって聞いたら一年も前からだって。もう、ひどいと思ったわ。新しい会社は証券会社だというから忙しいのかなとも思ったけれど、腹が立ったわ」

「悪かった。うーん」

「いやよ、今ごろになって――」

「いや、申し訳なかった。少しも変わっていないようだね。会いたくなった。そんなつもりで電話したんじゃなかったんだが……」

「じゃ、何で電話したの。おばあちゃんになった私をからかうつもり。すっかり変わったわよ」

「年を取ったのは、こっちも同じだ」

「そうね。そういえば、あなたの声に張りが感じられないわ。それに電話のかけ方も変わっている。以前はそうでなかったものね」

「まあ、十年も経てば変わるよ」

「そんなのいやよ。気持ちってそんなに変えようがないのだから。少なくとも私はね」

西郷の脳裏に十数年前の記憶がにわかによみがえり、瞼に雅子の姿がはっきり浮かんだ。目を閉じ口をわずかに開けて胸をそらす。夜の雅子だった。昼間見る雅子は違っていた。女子行員に生け花を教えている雅子はじっと手元の花を見つめ凛として隙がなかった。それが夜、ホテルの部屋や雅子のアパートではがらっと変わった。白い肌を桜色に染め燃え尽きるまで西郷を放さなかった。

西郷がこの会社に移って雅子に電話をかけなかったのは、芳江が前々から待っていたかのように初対面のときから感情豊かに西郷に接し、すんなりと西郷の心の中まで入ってきたからであった。しかし、芳江とは心のつながりにとどまっているのは雅子がいたからだと、そのとき思った。

「あなた、聞いているの」

「うん、思い出している……」

次から次へと、二人の出会いが浮かんできた。西郷はしばらく言葉を失っていた。

「それにしても、こんな日中に電話くださるなんて暇になったの。もっとも、あなたからの電話はいつも明るい昼間だったけれど……」

「そうだ。部長職をはずれて、まあ、今のところはね」

「あら、そうだったの。それだったら、しばらくのんびりされたらいいわね。でも、あなたの性格では何かをしていないと落ち着かないのではないの――。それで、時間を持てあまして電話くださったの……」

「そうきついことばかり言わないでほしい。まあ、勝手な振舞いはお詫びする」

「ごめんなさい。だって、突然の電話でしょ。つい感情的になったわ。私の気持ちもわかってほしい。でも、もう、言うだけいったからいいわ」

「悪かった。一度会おう。いつでもいい」

「そんなのいや。いつでもなんて、あなたらしくないわ」

「会いたくなった。話しているうちに、美しい雅子に――」

「話しているうちに……美しい雅子に……、そんな言い方、やめてほしいわ。あのころから十年も経っているのよ」

「よし、今日の夕方に会おう。帝国ホテルのロビーで待っている」

「都心へ出かけるのはしんどいわ」

「それでは渋谷のハチ公前で七時にどうだ。いつか、あそこで待ち合わせたことがあったね」

「あなた、覚えているの。私は覚えているけれど」

「それじゃ――」

西郷は一方的に電話を切った。


受話器を手にしたとき、雅子にこんな電話をするとは考えていなかったと思う。西郷は仕事の面では合理主義者で、理屈に合わないことには初めから手を出さない慎重さがあったのに女性に関してはそうならなかった。だらしないというわけではなく、男と女が出会い互いに好きになったら成り行きに任せるしかないと思う。あれこれ詰めて考えないことにしていた。

雅子との場合、初めて顔を合わせたときどこか心に通じるものを感じた。そして好きになったときにはすでに深みにはまっていた。しかし、電話しないまま十年も経ってしまったのは会社を替わって仕事が忙しくなったこともあるが、何より芳江と出会ったからだと思う。その間、雅子のことを忘れたわけではなかった。電話しようと思えばいつでもでき、会おうと思えばいつでも会えるような気持ちが心の片隅にあった。

それだけに雅子に「思い出したはないでしょう」と電話でなじられても、「悪かった」と言ったものの、本心から反省するようなことはなかった。しかし、電話を終えてしばらくすると、気まずい思いがしてきた。本当に悪いことをしたような気分になった。それも、はじめのうちは長い間、電話もせず放っておいて悪かったと思ったが、それもつかの間、そもそも今日電話したのが悪かったような気がしてきた。

そして、雅子も同じように気まずい思いをしているのではないかと、想像した。電話で感情をむき出しにしたことに自ら腹を立て、そのうち電話がかかってこなければよかったのにと思っているに違いない。西郷はそんな雅子の気持ちが手に取るようにわかるのだった。そして、「好きだ」と繰り返し、激しく愛し合った夜の光景がまぶたに浮かんだ。

夕方になって小雨がぱらつきだし肌寒くなった。西郷は約束の三十分前に渋谷駅前のハチ公の側に立っていた。十五年前待ち合わせたとき、いつもぎりぎりの時間、ときには二十分も遅れて来る西郷に雅子は「三十分も前から待っていたのよ」と言ったのを思い出したからだった。ハチ公の銅像の辺りは十五年前とはずいぶんと変わっていた。コンクリートの地面は小石が敷き詰められており、ハチ公の脇には大きな欅の木が枝を広げている。雨に濡れたハチ公の背に広場を取り巻くビルのネオンが反射して、赤や青色にちかちか光を放ち落ち着かなかった。

周囲には雨傘を差した若い男女が多く、西郷のような年輩の男性は見当たらなかった。そのうち雨は激しくなりじっと立っていると足元が濡れてくる。雅子に何年も電話しなかった償いのような気持ちになる一方で、こんな姿を芳江が目にしたら何と言うだろうと思った。そして妻の奈美は――。妻が目撃したら「あなた、本気なの」といきなり目を吊り上げるような気がした。

雨で濡れた足元が冷たかった。時間が経つにつれ雅子は来ないだろう、という気持ちが強くなった。あとからわかったことだが、雅子は西郷より少し前に着き、雨を避けてビルの陰に立ちしばらくして姿を現した西郷を見つめていて、西郷が振り向いたら傍に行こうと思っていた。以前の西郷は約束の時間前に着くと辺りをきょろきょろ見回し探したのに、その日は前を向いたままじっと立っていた。約束の時間を四十分余り過ぎたときだった。西郷は辺りを見返そうとせず、まっすぐ駅の改札口に向かって歩き出した。雅子はすぐ追いかけようとしたが、ハチ公の傍まで来たところで、振り向かない西郷の背を見詰めたまま雨の中に立ち尽くした。

第二章　抜け切れない会社人間

西郷が定刻に出勤して窓際の椅子に着くと、待っていたように芳江が側に来て丁寧に頭を下げ笑顔を見せた。

「昨日、調査室勤務の内示を受けました。よろしくお願いします」

「お願いするのは、こちらだ。仕事の内容が変わるかもしれないが、これまでどおり頼むよ。部屋の場所はわかっているね。スタートは五月一日だ。まだ先なので内々にしておいてほしい」

組織とか人事の話は伝わるのが速いもので、役員会の後すぐに社員の多くが知るところとなった。とりわけ、社長直轄の調査室が新しくできるという話は、何をする部署かという思惑も絡んで尾鰭がついて流れたきらいがあった。芳江が席に戻るのと入れ代わりに山田部長が近づいてきた。

「西郷さん、おめでとうございます。社長直轄の調査室とは、大変ですね。何をなさるのですか」

「わからないな。まだ何も聞いていない。それに、めでたいこととも思っていないが――」

「とんでもない。理事と聞いていますよ。お祝いをしなければと思います。それに、酒井芳江さんの件は了承しておきました。私としては仕事のわかった人がいなくなるのは困るのですが、西郷さんのたってのご希望とあっては受けざるを得ませんでした」

山田は胸の前で両手を合わせにやにやしながら話した。

「それは、お気遣いありがとう。今後ともよろしく」

油断のならない男だと思った。西郷は無愛想に応えながら、ここは構えないでさらっとしておくのが得策と判断した。

西郷を見る部内の目は一日で微妙に変わった。課長が西郷の後ろを黙礼して通り過ぎた。そうした部長や課長の振舞いを若い社員は敏感にとらえた。役職定年が近づいた一か月前、不躾な態度をとった者に限って愛想良い顔で挨拶した。

西郷は芳江が入れてくれたお茶を飲み、一息入れたところで社長への面会を申し入れた。調査室の発足が公になったからには、何をするか、腹積もりをしておくべきだと思った。

五分も経つと、社長秘書から電話が来た。

「十分後に来てくださいとのことです」

ゆっくりした足取りで社長室へ向かうと、ドアの前で人事部長と出会った。

「社長が待っているよ。あとで話そう」

「わかった。よろしくね」

西郷と会う直前に人事部長を呼んだのは、単なる確認のためかそれとも何かを事前に打ち合わせておく必要があったのか、いずれにしろ、西郷の職務に関連した話をしたのに間違いなかった。

「西郷です。入ります」

西郷の顔を見ると、社長はさっと席を立ち部屋の中央にあるソファーに向かって大股で歩いてくる。

「やあ、西郷さん。こんどは新しい仕事をしてもらうことになった。社長直轄としたのはあなたが仕事をしやすくするためだ。まあ、時々私のところへ顔を出して何か気づくことがあったらすぐに教えてもらいたい。よろしく頼む」

「教えるって、どんな仕事をするのですか――」

「知ってのとおり、この業界に限らず日本経済は低迷しており、大きな転換点にある。長い不況のトンネルの向こうにようやく明るさが見えてきたという声も聞かれるが、私はとうにトンネルを抜け出たものと見ている。ところが、トンネルを抜け元のところに出たと思っていたら、以前とは別の世界だった。それで、ああだこうだと混乱している」

社長はいつになく能弁で、淡々と話した。

「問題は、世の中が変わるということが読めず、もう役に立たないものまで後生大事に長いトンネルの中を引きずってきたため、全身に泥が付いたままだ。早く泥の付いた部分を切り落とさないといけないが、下手に切ると血が流れて本体に傷を付けかねない。いつ、どこで切ったらよいか見極めが大事だ。それには、今世の中どう動いているかを的確に知る必要がある。つまり、情報、先を見る判断材料だ。新聞やテレビで報道されるのを見ていたのでは遅い。次の手を打つのが遅れる。できることなら、こちらが先に仕掛けて世の中を動かすような立場に立ちたい。私の言っていることは間違っているかね」

「よくわかります」

「君なら、そう言ってくれると思っていた。まあ、こんな話は誰にでもできない。そこで、君にお願いだ。世の中の動きをよく見ていてもらいたい。決断は私がする。実際に動くのは別のところでやってもらう。君が恨みを買うようなことにはしないからね。こうした業務は企画室あたりがやるのだろうが、いまの企画室には現場を知った適任者がいないのだ」

「私も、そうした仕事はこれまでに……」

「わかっている。君は何が問題かをきちっとわかっており、能力も経験もある。まあ、すぐに何かするというわけでなく、じっくり考えてほしい。そのうちに何かが起こるだろう。その前に動いてほしい。普段は何をしていてもよいが、社内向けには社史編纂の取りまとめ、とでも言っておいてくれたまえ」

「私は歴史に興味をもっていますからね」

西郷は、ここで社長と議論しても始まらないと思った。

「そうだ。人事部長に前に話したことがある。西郷君は見かけによらず歴史に造詣が深いとね。期待している。よろしく頼む」

「承りました」

深く頭を下げてひとり座っていたソファーから立ち上がった。五分くらいのつもりが三十分近く経っていた。廊下へ出たところで、秘書室に待機していた西山副社長とばったり顔を合わせた。

「失礼します」

「長く話していたね。そのうち一席設ける。二人でゆっくり話そう」

ひと言いい残すと、入れ代わりに社長室に入った。西山副社長とは、半月ほど前、社長室で会ったきりで、その後顔を合わせていなかった。

廊下を歩きながら、社長の話を反芻した。社長はひと言も触れなかったが、調査室の仕事がどこかでリース会社と関連があるような気がしてならなかった。その後、リース会社の社長には銀行に残って役員になった同期の男が内定したと噂に聞いたが、確認していなかった。

いったん部屋に戻ったが落ち着かず、外出することにした。昼近いのを幸いに学生のころからの友人の山中太郎を食事に誘った。大学のラクビー部で一緒にタックルを組んだ山中は商社に入り米国勤務と本社勤務を繰り返していたが、二年前、四年振りに本社に戻り、もう海外駐在はないだろうと話していた。

予約した銀座のステーキハウスへ行くと、先に着いた山中がビールを飲んでいた。きりっと引き締まった顔付きで見るからに第一線の指揮官のようだ。仕事もうまくいっているようでゆとりが感じられる。

「先週末に家内と一緒に京都と奈良を散策してきた。いくつかの神社仏閣を巡ったが、久し振りに古都の旅を堪能してきた。世界遺産に登録されているというが、清水寺辺りを歩くと心が休まるね。海外にもいい所があって精神を刺激してくれるが、年を取るとやはり日本がいい」

「そうか、君は海外駐在が長かったからな。私は、たまに海外に行っても出張でろくに観光地も見ていない。といって国内の観光地を見ているかといえば、そうでもない。勤めていると思うようにいかないものだね」

「これからのんびりすればいいさ。君もそろそろ定年ではないか」

「実は先月末に役職定年になった。窓際族というわけだが、会社は籍があるうちは仕事をさせたいらしい。何をするかは、まだはっきりしないのだが、近いうちに新しいポストに就かされるようだ」

「元気なうちは仕事をしたほうがいいというが、まごまごしていると、人生が終わってしまうぞ。俺は若いころほとんど家にいなかったし、海外駐在が長かったから、家内には随分淋しい思いをさせた。今その償いというほどではないが、休日にはできるだけ一緒に出掛けることにしている。君もがむしゃらに仕事をしてきた口だから女房には頭が上がらないのではないか」

「頭が上がらないことはないが、どちらかといえば無視されがちだ。この間、これから君と仲良くしたいと言ったら、何を今さら、と軽くかわされた」

「そういうことは、口で言っては駄目だ。態度で示すのだ。食事に誘うことくらいから始めたらいい」

「これまでにやったことがないから照れるというか、女房と外で食事をするのは得意でないな」

「君がそう思っているだけで、声をかけてくれるのを待っているかもしれないよ」

西郷は思い当たることがあった。


「このところ、朝出かけるのがゆっくりになったわね。会社に行って仕事をしているの。窓際族って、本当に窓際に座っているの」

妻の奈美が朝食のトーストにバターを塗りながら言う。

朝食のテーブルに着くのが部長のころより一時間ばかり遅くなっていた。長年の習慣で毎朝六時前に起きるのは変わらないが、新聞をゆっくり読み、家を出る前に庭に出てサツキの盆栽に水をやったりするようになった。

「まあ、これまでが忙しかったからね。会社で座っているのは壁際だ。明るい窓際は部長の席だ」

西郷は、五月から調査室勤務になっても朝のゆったりした生活は変えないつもりでいた。

「来週からになるが、五月一日付で調査室勤務に異動することになった」

「えっ、何のこと。調査室って――そんな組織があったの」

「社長直轄で新しくできる。名刺の肩書は理事となるが実質は室長だ」

「壁際に出された人が、そんな社長直轄の部署に就くことってあるの」

「あまり聞かないね。まあ、何かと混乱しているときだから、社長が必要と思ってつくったのだろう」

「納得がいかないわね。いくら社長がそう思ったからって、個人会社でもあるまいし……」

「取締役会で承認された組織だ。発案したのは社長に違いないが」

「何も知らない私が変だと思うくらいだから、社員のほうはもっとおかしいと言っているのではないかしら」

「急にぺこぺこする奴が出てきた。わざわざ壁際の私の側へ来て、何を調べるのかね、と冷やかし半分に聞く者までいる」

「直接聞きに来るような人はいい人よ。陰でこそこそ言っている人が危ないと思うわ」

「別に危ないとも思わないが、一度は壁際に行った人間だ。のんびりやるさ。壁際の机に座っていろんなことを考えた。また、これまで見えなかったものも見えてきた。それに、まだ老け込む年でもないと思った。何かやるときはきちっとやるさ」

「変なことに巻き込まれないでね。『まさか』なんて驚くのはいやよ」

「充分に気をつける。社長が調査室をつくったのは、そうしたことのないようにするためだと思っている」

「何だか御庭番みたいね。それで、朝はまた早く出かけるの」

「会社には、午前九時の定時に出勤する。御庭番はひどいね。火の見櫓の見張り番くらいに考えている。アメリカや韓国にはＣＩＡという組織がある。日本にも内閣情報調査室といった組織がある。大きな企業も調査室と呼ぶかどうかは別にして、世の中で何が起こっているか調査する部署をもっている。比較にならないが重要な仕事だ」

「なかなか会社人間から抜けきらないわね」

「紀州で見た青い海が忘れられない。あのとき、これからの生き方を変えようと思った。一回限りの人生だ。これからは楽しくやりたい。旅行に出かける前に君に言ったことは忘れていないよ」

「これから夢を膨らませたいと言ったわね」

「実は、夜間の大学に入学して考古学について学びたいと思っている。今年は試験も終わったが、今から準備して来年はぜひ実現したい」

「まあ、大学生になるつもり」

「そうだ。何ごとも基本が大事だ。きちっと勉強しようと思っている」

「まあ、若い人たちと一緒に、まだそんな情熱あったの。私も何かやろうかしら」

「やったらいい。好きな刺繍でも料理でもケーキ作りでも。その気になったら学校に入ってもいい」

「考えておくわ」


午前九時──。

西郷がゆっくり席に着くと、すぐに芳江が来た。

「新しい部屋の準備が整っているので、今日からでも使ってくださいとのことです」

「ありがとう。それではさっそく見にいくか。あなたは一緒でないほうがいいだろう」

五階の小会議室のドアに調査室と小さな表示がしてある。窓に面した明るい部屋で、新しい部長机と四つの事務机が並べられ、その脇に五人掛けの応接セットがあった。壁際にコピー機、ファクス、デスクトップのパソコンなどが並び、室長席には二台の電話があった。一台は交換を通さない直通電話であった。

「おお西郷君、調査室の準備が整ったようだね」

部屋の入り口に西山副社長が立っていた。廊下に面したドアを開けたままにしていたため通りがかりにちょっと覗いた感じであったが、西郷は偶然とは思えなかった。

「部屋の準備ができたから見てくれと言われ、いま来たところです」

「うん、こぢんまりしたいい部屋だ。問題は何を調査するかだね。まあ、社長が何を期待しているかだ」

「社長からは、ぼつぼつやってくれと言われました。何をするかはこれからです」

「そんなのんびりしていられる時代ではないよ。リース会社の問題など調べてもらいたいことはたくさんあるはずだ。まあ、社長直轄というから口出しはできないが。そうだ、前に言ったと思うが近いうちに一杯やろう。秘書に言っておくから日時を調整してくれ」

「すぐに連休ですので、そのあとにお願いします」

西郷は西山副社長を見送るとすぐドアを閉め、部屋へ入った所に衝立を立てる必要を感じる一方で、西山副社長の口にしたリース会社の問題が気になった。いずれにしろ、こんな特別の部屋を用意されたからには、しかるべき仕事をしなければいけないと思う。朝方、妻が「納得がいかない」と言ったのが思い出された。

室長席に座ると正面に入り口が見える。どこの部屋も同じような机の配置になっており、スペースを効率良く使うためと思われるが、西郷はこの机の配置を変えることにした。窓際にある室長席を横の壁際に移し、事務職の席から離して反対側の壁に大きな世界地図を貼る。中央の応接セットを入り口側に移し、間に衝立をおけば外から入ってきた人とすぐに顔を合わせることはなくなる。また室長机の上を覗かれることもない。あまり例がないが、この程度は許されるだろうと思った。

西郷は早速、机の配置替えと衝立の位置などをメモにして芳江に渡し、その足で世界地図を買いに出かけた。地図は最新のものを自分で選びたかった。社長が「世の中が今どう動いているかを的確に知りたい」と言ったのは本音で、「先に仕掛けて動かす立場を築きたい」と考えるのは社長として当然であった。西郷がその補佐を勤めるとなれば、国際感覚を磨かなければならないと思った。

もっとも西郷が世界地図に関心をいだくには別の理由もあった。それは、ユネスコの活動で脚光を浴びることになった世界各地の古代遺跡を地図で確認することであった。世界遺産として指定されたものだけでも五百を数える古代遺跡が現代人に何を語りかけているか、現地に立って考えたいという夢は役職を離れて以来膨らんでいる。世界地図をじっと眺めていると、激動する現代の政治経済の向こうに先人の知恵と思想を結実させた遺跡が輝いているような気がした。世界遺産をまとめた本を机の上の隅に置くことにした。

四月末の三十日夕方、調査室の発足の会を開くことになった。たまたま五月一日が土曜日で、連休明けでは間が抜けるため、一日早めて部屋として認知しておきたかった。発足の会といっても西郷と芳江と入社二年目の小川恵子の三人でコーヒーとケーキで顔合わせをしておこうということだったが、しばらくして人事部長と財務部長が顔を出し、総務部長が缶ビールのパックとつまみの袋を持ってきた。

「こぢんまりしていい部屋だ」

と、三人は口をそろえて言ったが、何をするかについては言及しなかった。三十分ほどしたところ、誰が知らせたのか社長が顔を出し、集まった者を驚かした。

「ほう、世界地図か。うん、そうだな。私は行きたくても行けないな……」

社長は世界地図を眺めながら首を縦に振り、つぶやいた。そのつぶやきが西郷の海外出張に連なるとは思いも寄らなかった。

五月の連休明けの朝だった。西郷が出勤すると一番に社長に呼ばれた。

「西郷君、ちょっと海外を回ってきてくれないか。私も行きたいのだが、いまは行けないので君に頼む」

「何かを調べてくるのですか」

「そう堅苦しく考えなくてもよい。ニューヨークとロンドン、それにフランクフルトの三か所を回って、取引所や二、三の銀行を覗いてきてくれればよい。どんな雰囲気か肌で感じ、日本の金融証券との違いを自分の目で見てきてほしいのだ」

「見てくるって、ちょっと覗いたくらいでどこまでわかるでしょうか……」

「日本の証券金融はどうすべきか、海の向こうで考えたら、問題点がよく見えるような気がするのだ。できるだけ早く出発して、十日間くらいで帰ってほしい」

いきなりの海外出張命令だった。

「一人で面倒なこともあるかもしれないが、銀行の海外支店には事前に連絡しないで行ってほしい。寄るとしたら現地に着いてから、旅行のついでに覗いてみたいので案内してくれないかと頼むようにしたらよい。変に気を回されると迷惑だからね。まあ、博物館へ行って気晴らしをしてくるのは構わないが」

要は、お忍びで行ってこい、という社長の意図を測りかねたが、西郷としてはそのまま受けるしかなかった。

「わかりました。欧米の金融証券の現場を見てきます。中ごろに出かけるよう準備します」

西郷は自分の部屋へ戻りながら、社長が調査室の仕事始めになぜ海外出張を命じたのか、改めて考えた。

ビッグバンと騒がれたあと、海外の金融機関が日本の金融市場に寄せる関心には並々ならぬものがある。国内問題を考えるにしても外資の動向を無視しては判断を誤る時代になった。社長はグローバルな視点で物事を考えるためにまず現地を見てきてくれと言っているわけで、その考えは的を射ていると思えた。

それにしても、こっそり行ってこいというのは、この厳しい時期に具体的な業務案件もないのに海外出張すること自体がおかしいと言われかねない。といって、説明すれば何か起こるのかと気を回されかねないからだろう。西郷は、海外出張については、社内でも伏せておくことにした。

一方、早く出かけて、十日間くらいで帰れというのは、そのころに何か決断を要する案件が控えているからだと予想された。これが調査室の仕事か、西郷は一人考えるしかなかった。

部屋へ戻ると、芳江と新しく経理から来た入社二年目の小川恵子が待っていた。二人は調査室に配属になったものの、何をしたらよいのかわからないといった顔をしていた。西郷は笑いながら、立ち上がった二人をソファーのほうへ掛けるように手招きした。

「さあ、モーニング・コーヒーでも飲もうか」

「はい、私が入れます」

小川がすぐ立ち上がった。部屋の隅に真新しいコーヒーメーカーが置いてあった。

「さあて、今日から調査室の仕事を始める。今のところ三人だが、楽しくやりましょう。

まず、何をするかだが、企画書には社史編纂の取りまとめのほか、各種の調査業務を行うとなっている。社史編纂の取りまとめについては、明日にも依頼してある外部の人を呼んで進捗状況を聞く。それから内外経済の大きな動きと業界動向を整理して週末に社長に提出する。これは三人でする。それから酒井さんは、私の秘書業務を中心に社内の連絡など調査室の窓口になってもらいたい。また、小川さんは調査室の庶務経理などの事務を担当してもらいます。いないときは互いにカバーする」

「わかりました。酒井さん、ご指導よろしくお願いします」

小川が緊張した声で言った。

「二人で、協力してやりましょうね」

芳江がそれに答えた。

「それから、書類はあまり作らず、また、調査室は秘書室と同じ扱いで二人は非組合員となる。つまり守秘義務がある。調査室で何をしているとか、私が誰と会ったとか、聞かれてもわかりませんと答える。ついでだが、先ほど、社長から海外出張を命じられた。中ごろに出掛けてくるが、この件についてはまったく知らないことにしてください。誰かが訪ねてきて西郷はどこへ行ったと言われたら出張です、と言ってください。まあ、あまり固くならないで、気軽に過ごしましょう」

芳江が黙って頷いた。その顔を見て西郷は芳江がいて助かったと改めて思った。

しばらくすると、社長秘書が書類を持ってきた。

「これは、社長の週間予定でこれから毎週届けます。また、こちらの社長宛の案内状はおもに朝食会ですが、都合がつけば代理出席をお願いしたいとのことです。先方へは私から連絡いたします」

「ありがとう。できるだけ出ることにしましょう。こうした連絡は酒井芳江さんにしてください。私がいないこともあるからね」

「承知いたしました。失礼します」

社長秘書が出て行くと、芳江が近づき、

「部長は、以前より忙しくなりそうですね」

と言った。その顔がうれしそうに見えた。

「何、適当にするよ。もう昼だ。そうだ。三人で外へ食事に行こう。今日は初日だから私が特別にご馳走しよう。近くの寿司屋でいいかな。それともいつも行っている店にするかな」

「お寿司が食べたいわ」

小川の屈託ない言葉で寿司屋へ行く。

「今月の中ごろといえばもうすぐですが、飛行機とかホテルの手配はどうされますか」

寿司屋へ着くなり芳江が聞いた。

「これから考えるが、ホテルの手配は商社の友人に頼むつもりだ。午後に訪ねて決めてくる。フランクフルト、ロンドン、ニューヨークの順に回りたいと思うが、場合によってはその逆になるかもしれない」

「室長さんは、大変ですね。一人で行かれるのですか」

「一人旅のほうが気楽でよい。まあ、仕事の話はあとにして好きなものを食べなさい」

「はい、いただきます」

芳江が頭を下げた。

その日の午後、山中は外出していたため、打ち合わせは夜。一杯飲みながらになった。

「社長もいろいろ考えているではないか。大方のことは東京にいても予測はつくが、だからこうすべきだと決断を促すような意見を述べるには、現地でこう考えたというのも方便かもしれない」

「方便か――。うん、まあ社長命令だ、行かざるを得ないな」

「そうだ。この際、期待に応えてやることだ。そうすれば、また、いいこともあるさ」

「ありがとう。何か吹っ切れた気分だ。それでホテルの手配を頼むよ」

「わかった。明日中に手配する。まず、ニューヨークに行くことだ。西から回ったほうが身体は楽だが、まず、好調な米国経済を実感するのがいい。それでいつ出発する」

「来週の中ごろにしようと思う。週末にロンドンに行って、一日は大英博物館で過ごしたい」

「それはいいことだ。こういう出張では、仮に暇があっても平日に博物館でのんびりはしにくいものだ。ニューヨークに三日泊まることにしておこう。ロンドンではまる一日もあれば話は聞ける。うちのロンドン支店長と金曜日に昼飯を一緒に食べるようにしておこう。支店長は情報通だ。ついでに飛行機の手配もしてあげよう」

「いろいろ面倒をかけるな。それでは頼む。何か連絡があるときは、私の秘書の酒井芳江という女性にしてくれ」

「わかった。信頼のおける秘書だな。それに、言っておくが、この類の出張ではけちけちしてはだめだよ。食事も日本人の観光客が行くようなところは避けて一流どころに行ったらよい。ホテルもそうしておくよ」

「そういうものか——」

そのとき、西郷は自分が微妙な立場に置かされたような感じをもった。

「まあ、大げさにいえば一種の密使だ。私の感じでは行ってくることに意味があるようだ。

帰ったら何か言いつけられると覚悟しておいたらいい」

「部長、久しぶりです。お疲れでしょう」

ケネディ空港に、東京の銀行本店調査部からエコノミストとして派遣されている吉田哲雄が自分の車で出迎えていた。この日、吉田は休暇をとって西郷を待っていた。

「いや、気楽な出張だから疲れも感じないな。それより、忙しいときにすまない。ニューヨークは五年振りだ。タクシーでホテルへ行けばよいと思ったが、君の顔を思い出してつい電話してしまった。奥さんやお子さんは、もう慣れたかね」

吉田は、大学の後輩で入社のとき教授の紹介で会ったのを機にその後も何かと訪ねてくるようになった。頼まれて社内結婚の仲人もした。今度の出張の目的の一つはウォール街の活況を見ることだと伝えると資料を用意して待っている、と応えていた。

「妻の絵里も西郷さんが来るといったら喜んでいました。明日の夜は私のアパートで一緒に食事をしてください。ホテルはウォルドーフ・アストリアでしたね。時間が無くて連絡できませんでしたが、いま一番人気のミュージカルのチケット二枚用意しています。今晩、時差調整のつもりで一緒に覗いてください」

「それは、ありがとう。いい思い出になる」

「奥さんはお元気ですか。すっかりご無沙汰していますが」

「変わりないよ。子どもがいないのでマイペースで毎日を楽しんでいるようだ。今度は会社の出張だから、何も準備しなくていいといったら。そうなのと答えていた」

「そうですか、何かお土産を買っていかないと」

「そうだな……」

「ところで、出張の目的は何ですか。差支えなかったら教えてください。お手伝いいたします」

吉田は車のスピードを上げながら聞いた。

「改めて説明することもないのだが、日本の金融証券業界は本格的な自由化、国際化のなかで変革を余儀なくされている。どこも大変だ。それで、米国やヨーロッパの金融界はどうなっているか考えてこいということかもしれない」

「そのために、わざわざ」

「そうだ。わざわざね、そこが問題だ」

「帰ったら、だれに報告されるのですか」

「今、私は発足したばかりの調査室にいる。調査室は社長直轄だ」

「そうですか、出張を支店に連絡されなかったのもわかります。大変な仕事のような感じがします」

「支店には、明日の午後にでもぶらっと顔を出そうと思うが、改まった挨拶はしないつもりだ」

「私の感じていることを率直に言いますと、日本の会社は金融機関に限りませんが、リストラといっても厳しさに欠けますね。米国の会社は、ともかく採算の悪いところはバサバサ切ってしまうのです。会社全体としてもうかっていても、低収益部門はどんどん整理する。調査部がいらないと判断すれば、すぐに閉鎖する。不動産部門が損を出したらすぐ切ります。関連会社の整理もめずらしくありません」

「日本ではそういうわけにいかないのだな。わかっていてもなかなかできない」

「だから、日本経済はなかなか浮上しないのだと思います」

「そういうことかもしれない。要は、責任を取らされるのが怖いのだね。日本にはまだ、腹を切ってお詫びする、といった精神構造が残っている。不祥事の疑いで取り調べを受けた某銀行の頭取が自殺したとき、一部に頭取は武士道の精神に則って全責任を負って自殺した、と美化していた」

「そんなのは、経営者として失格です。まず、米国では通用しませんね」

「失格か――」

「具体的な例を、出発までに整理しておきます」

「ありがとう。それは助かる。君がいてくれてよかった。予定だが明日一日かけて、証券取引所と二、三の銀行を覗いてみる。そして明後日は街をぶらっと歩いて、途中メトロポリタン美術館に寄ってエジプト美術を見学したいと思っている」

「それでは、明日は私を案内役にしてください。外銀を回ったりするのは私の仕事ですから」

「そうか、それじゃ、朝、支店に行ってたのむかな。君の都合はいいのかい」

「大丈夫です」


ホテルのカウンターに、商社のロンドン支店長のメッセージがあり、一度食事をしたいとあった。東京から山中が手配してくれたものだった。四十階の部屋の窓から午後の日差しに輝くマンハッタンの高層ビル街が見えた。青い空に薄い雲が浮かんでいるが、日差しを遮るほどではない。西郷はゆっくりと室内を見渡したあと窓に近づきビルの谷間を覗いたとき、ここはニューヨークだという感じを抱いた。

しばらくして、シャワーを浴びるとすっきりした気分になったが、飛行機の長旅の疲れがどこか残っている感じがした。手帳を出して予定をチェックする。さしあたって何かをする必要はなかったが、滞在期間が限られているのでめりはりをつけて行動しようと思った。

ホテルの玄関を出ると爽やかな風が吹いていた。フロントガラスを光らせながらタクシーが矢のようなスピードで目の前を突き抜けていく。歩道を歩く人は足早で堂々としている。ウィンドー越しに見る商店の飾り付けはどこも美しく迫ってくるものを感じる。見るものすべてに活気があり、前に進むエネルギーがうかがえると西郷は思った。どこを見ても眠ったような雰囲気はなく、軽い緊張感を覚えるのだった。

緊張感といえば、到着した翌日の昼前に吉田の案内で見学した証券取引所では、仲買人たちがモニターやコンピュータの画面を囲んで叫び合う姿を目の当たりにし、米国経済の活況を実感した。米国の株式市場には多くの一般投資家がコンピュータを通じて参加するなど不安定要素もあると説明されるが、取引所にはそうしたものはまったく見られなかった。

西郷が考えるようにして足を止めたとき、吉田が解説した。

「米国経済は全般に好調で、失業率は減っているのですが、金融証券や情報通信といった先端分野から毎週三万人を超す失業者が出ているといわれます。競争が激しく高度な専門知識のない人はついて行けず落ちこぼれてしまう。サラリーマンの二極分化が鮮明になってきているのです」

「それは大変だね」

「昼どき、ウォール街を歩いていると、屋台でホットドッグをくわえ、ディーリンググループへ走って戻るディーラーをよく見かけますよ」

「そうか、みんな必死なんだ」

「高い給料を稼いでいるサラリーマンは、それはよく働きます」

西郷は、通りを歩きながら吉田の言葉を思い出し、数年後の日本を重ねて考えていた。

その日の午後十時過ぎ、ホテルの部屋に戻った西郷は会社に電話した。交換を通さない調査室の直通電話で芳江がすぐに出た。

「どうだい。変わったことはないだろう。ニューヨークはまだそれほど暑くなく爽やかだ」

「お元気ですか。日本の新聞をご覧になっていますね。一紙に不良債権を隠しているのではないかという記事が載っています。それから、昨日、山田総務部長が顔を出されて、いきなり、西郷さんから連絡があるかい、と聞かれました。また、財務部長の川上さんが室長はいつ帰るのだ、と聞かれましたので、予定を言っておきました。以上です」

「ありがとう。日本の新聞は二紙しか見ていないから、その記事をファクスしてもらうか。関連記事も含め今日中にホテルへ送ってください。ファクス番号はホテルの名前の下に書いてある」
「すぐに送ります」
ニューヨークの街を歩いてきたあとに、会社の話を聞くと、その動きは、双眼鏡を逆に覗いたように小さく見えた。

ニューヨークからロンドンへ向かう夜行便には精悍な目つきをしたビジネスマンが目立った。彼らは早朝にロンドンに着き、すぐさま仕事に取り掛かる戦士に見えた。

西郷は、ライトを落としゆっくりと滑走路へ向かう飛行機の中で、なぜか寂しい思いに駆られた。窓の向こうにきらきら光る空港ビルの輝きが鋭いナイフのように見え、冷たく西郷の心を刺した。

自分もまだ現役のビジネスマンに違いないと思う。一方、すでに戦列を離れているということを西郷は自覚していた。しかし、このまま人生を終えてはいけない、という強い気持ちがあり、そのことが西郷の現役意識の支えとなっていた。

やがて窓に闇が迫り、機内は大柄のキャビンアテンダントが慌ただしく動くざわめきに覆われた。そのとき、西郷はメトロポリタン美術館で見たエジプトのミイラの沈んだ顔を思い出し、鞄の中から一冊の文庫本を取り出していた。ヘロドトスの『歴史』で、西郷が古代遺跡に関心を持つきっかけとなった本である。

紀元前四百五十年ごろにエジプトを旅行したヘロドトスによると、エジプトの富裕階級の催す宴会では、食事が終わり酒宴に入ろうとするとき、一人の男が木で人間の死骸の実物そっくりにつくったものを棺に入れて持ち回り、一人ひとりに示して、こう言うのである。『これを見ながらせいぜい楽しく酒をお過ごしください。あなたも亡くなられたら、このような姿になられるのですからな』

西郷は、エジプト人が人間の死後も復活して永遠の命を得ると信じて、ミイラを作り死者を手厚く葬った気持ちを今の時代に重ねて考えた。遺体を手厚く扱うことは、復活して生き続ける魂のための気遣いなのであろう。

ロンドンへ向かう飛行機の中で、西郷がこんなことを考えたのは、芳江がファクスで送ってきた新聞記事の中に「不祥事の責任を問われた銀行の経営者が自殺し、多くの人がその死を哀れんだ」というのがあったからであった。

自殺した銀行の幹部は、手厚く葬られたであろう。それは、不慮の死を遂げたのだからせめてあの世では幸せになってほしいという気遣いなのだろうか。西郷はそのような解釈には納得できないものがあった。ニューヨークの金融街を案内した吉田が「責任をとって自殺するようでは、経営者として失格です。米国では通用しません」と言ったのを思い出していた。ロンドンへ着いたら別のミイラをぜひ見ようと思った。

ロンドンは雨だった。タクシーでホテルに着くと、荷物を預けその足で山中の勤める商社のロンドン支店に支店長を訪ねた。

「西郷さんは、うちの山中と同窓だそうですね。私は彼の二年後輩、というとあなたは私の先輩です。今日は先輩をご希望の場所へ、どこへでも案内しますよ。どんな予定をおもちですか」

「いや、お世話になります。今日の午後にシティーを回って、明日の土曜日には大英博物館で古代エジプト美術をゆっくり見たいと思っていますが……」

「大英博物館はいいですね。シティーも私が案内できますが、銀行の支店に寄られますか。日本の銀行はどこも格付けが落ちて商売しにくくなったといってますよ」

「今回は寄らないつもりです」

「それじゃ、私にお任せください。ロイズ保険会社ビルの屋上に上がってシティー全体を見下ろしてみるのはいかがですか。ＥＣ統合のあと、いろいろ言われていますが、ヨーロッパの金融センターはロンドンです。伝統もさることながら、規模、設備、専門家の数、これまでに培ってきたものは大変なものです。フランクフルトの中央銀行で政策を決めても、それを動かすのはロンドンのシティーです。現地の名の通ったエコノミストの話も聞けるようにしましょう」

山中の連絡が良かったのか、支店長は西郷がロンドンを訪れた意図をすべて承知していた。

「私は、留学時代を入れ三回目のロンドン駐在です。伝統を重んじ、古いものを大事にする英国人気質が気に入っています。今、欧州総支配人を兼ねており、月に何回かパリやベルリン、デュッセルドルフなどへ出かけますが、住み慣れたロンドンがいちばん落ち着きます。私個人としてはロンドンに骨を埋めてもよいと思っているのです」

「そうですか。本社の山中さんも海外勤務が長かったと思いますが、最近は日本がいいと言っていますよ。私は日本しか知らないのでグローバルに比較できるのがうらやましいですね」

「いや、私もそのうち、日本がいちばん良いと言い出すかもしれませんよ。実は、家内は仙台の出身でして、いずれ帰りたいと言っています」

支店長はおおらかな話し振りで、旧知の間柄のような気持ちにさせた。西郷はうれしくなり旅の疲れを忘れた。

昼食の後、西郷は支店長の案内でシティーの中に建つ近代的な超高層ビルの展望台へ上がりシティー全体を眺めた。それは固い岩盤の上に築かれた城砦のように見え、超高層ビルの林立するニューヨークで感じた緊張感とは変わった印象であった。

支店長の計らいで一緒にお茶を飲みながら懇談した地元大手銀行のエコノミストは、東京駐在の経験もあり日本経済の現状にも通じ、「香港のアジアセンターを東京に移す検討をしているが、東京の空港の便の悪いのがネックになっている」と語った。西郷は改めて日本経済の基盤の弱さを実感する思いであった。

大英博物館で一日の大半を過ごし、夕方になってタクシーに一人乗った西郷は数多くの古代エジプトの遺物に圧倒されたためか、軽い疲れを感じた。同時に今回の旅行には何かが欠けているように思われてならなかった。ホテルに着いても彼を待っている者はいなかった。

西郷は、これまでにも一人で海外出張したことは何回かあったが、ホテルへ着いたときはいつも誰かが側にいた。仕事の打ち合わせに来た駐在の社員であったり、若いときには飲み屋で気が合った女性のこともあった。出張の目的がはっきりしており、それを着実にこなせばあとは好きなように過ごしてよかった。

今回は違った。仕事は日本に帰ってからで、もやもやしたものがいつもまとわりついている感じで気が抜けなかった。軽くシャワーを浴びてホテル一階奥のレストランへ行くと、どの席もペアで掛けるようにセットされている。入り口で一人だと告げると、きちっと黒の蝶ネクタイを締めたボーイは怪訝な顔で片隅の席へ案内した。こんなことなら遠慮せず支店長の誘いを受けて自宅へ押しかければよかったと思った。

一人で味気ない食事をしていると、大英博物館で見た人間のかたちをした木棺の表面が色鮮やかに描かれた神々の絵で覆われていたのが思い出された。エジプト人にとって死ぬことは魂と肉体が分離するだけで、魂は永遠のものと信じられていると聞いた。こうした手厚い弔いは亡くなった人への深い思い入れのようなものがあってこそできるのだと思った。

翌日、ゆっくりと朝食をとって昼過ぎの飛行機でフランクフルトに着き、ホテルでチェックインしようと名乗ると、会社からのメッセージが手渡された。

『社長より、できるだけ速く帰国、出社せよ、とのことです』

芳江からであった。

西郷はさして驚かなかった。

「わかった」

と、独り言を言った。確認する必要もなかった。

ホテルに事情を説明し、その場で東京行きの飛行機の手配をした。夜のうちにフランクフルトを発てば月曜日の午前中に出社できる。社長は、そのあたりを計算して連絡したものと思われた。ホテルから便名と成田へ着く時間を芳江宛てにファクスすると、そのまま飛行場へ戻ることにした。慌ただしい感じもしたが、一方でほっとしたのも事実であった。

空港へ向かうタクシーの中から振り返ると、近代的な超高層ビルがいくつも建っているフランクフルトの市街地が間近に見え、一瞬、ニューヨークと勘違いするような気持ちになった。西郷は改めて時代の変化を実感した。低迷というより閉塞から抜け切れない日本の状況が遠くに霞んで見えるような気がした。

空港から自宅に電話して、会社の都合で日程を繰り上げ明日朝に帰国すると伝えた。

第三章　君は何を報告したのだ

午前八時過ぎ、西郷が成田に着くと、芳江が一人出迎えていた。芳江は車を用意してきていたが、道路が混んでいるからと、十分後に出る特急電車の乗車券を手にしていた。社長秘書から西郷さんは何時に出社するのかと問い合わせがあったという。

西郷は荷物を芳江にまかせ、飛行機の中でまとめた報告書だけを持って東京駅まで電車で行き、会社に着くとその足で社長室に入った。芳江が空港から秘書に連絡したのであろう、社長は待っていた。

「ただ今、出張から戻りました」

「やあ、急がせてすまなかった。大英博物館へ行く時間はありましたか」

「はい、週末にメトロポリタン美術館と大英博物館で古代エジプト美術を見てきました」

「それは良かった。いつかその話を聞かせてください。実は、状況の変化もあるので、現地の報告を早く聞きたいと思ったのです。早速ですが、どうですか。米国の状況は――」

「簡単な報告書にまとめてきました――」

西郷は手書きの報告書をポケットから出すと、

「いや、この場で話してくれればよい――」

社長は厳しい表情で言った。

「それでは、現地で見聞した感想のような話ですが――」

西郷は、ニューヨークとロンドンで聞いたエコノミストの分析を話し、その後、自分の考えを述べた。

「どうもありがとう。なかなか臨場感があってよい。この一週間、あれこれ考えていたことがこれですっきりできた」

「それじゃ――」

西郷は何だか要領を得ない感じで戸惑ったが、とりあえず席を立とうとした。

「ご苦労さんでした。家に帰ってゆっくりしてください。あっ、そうだ。先ほどの報告書をください。私が預かりましょう。いや、もう必要ないから、この場でシュレッダーしましょう」

社長は西郷の書いた三枚の報告書を受け取り、すぐに机の脇のシュレッダーに投げ入れた。

三十分余りの報告であった。西郷は久しぶりに緊張した社長の言動に接し、社長室を出たときには出張気分はなくなっていた。

部屋に戻ると、財務部長の川上が一人待っていた。

「やあ、お疲れ様。今帰ったのか。それにしては様子が変だな。厳しい表情をして——」

「今、社長に帰朝報告してきたところだ」

「えっ、それじゃ、いつ帰ったのだ。昨日のうちにか」

「いや、今朝、成田に着いて、すぐ来てほしいようだったから、顔を出してきたまでだ」

「へー、社長もやるな。それで、何を報告してきたのだ」

「報告といったって、中身は何もないよ」

西郷は両手を前に広げて見せた。

「二、三日、ニューヨークとロンドンへ一人行ってきたからって、何がわかるかね。景気が良くて賑やかだった街の話をしたくらいだ。それに週末に大英博物館で古代エジプト美術を見てきたと言ったら、それは良かった、うらやましい限りだと言われたよ。それは、私としてもいい機会だったと思っている」

「どうも納得がいかないな」

「それはこっちの台詞だ。忙しい財務部長がどうしてここにいるのだ」

「そうか、そう言うのも無理もない。もう昼だ。昼飯でも食べに行くか」

川上と立とうとしたところへ、芳江が戻ってきた。

「案の定、道路が混んでいました。それで、お荷物は駐車場の事務室にありますが、こちらへ持ってきますか。それともご自宅へ届けますか」

「そうだ。いったんこの部屋へ運んでおいてください。あなたたちへのちょっとした土産もあるからね。ああ、そうして、無事帰って仕事をしていると家に電話しておいてくれ」

と言い残して廊下に出ると、そこに山田総務部長が立っていた。

「お帰りなさい。お疲れでしょう。これから社長にご報告ですか」

「いや、食事だ」

「あっ、そうですか」

怪訝な顔をしている山田をあとに外へ出ると、

「山田は西山副社長の回し者だ。気をつけたほうがいい」

「わかっている」

「それにしても、成田から車に乗ってきたのではなかったのか」

「何も言っていなかったが、あの秘書が道路が混んでいるからと十分後に出る特急電車の切符を用意していた。社長が会いたいそうだから早く行けというのだ」

「へえ、しっかりした女性だね。ところで何を食べる」

「鰻か寿司か……寿司がいい」

「それじゃ、少し遠くへ行こう」

寿司屋の二階の部屋に上がると、川上は西郷にビールを注いだ。

「やあ、ありがとう。もともと大した出張でなく疲れてもいないのだが——どうしたのだ。部屋には君が待っている。山田が探りを入れるように顔を出す。そういえば大した中身のない私の報告を社長は真剣な表情で聞いていた」

「君が海外に行っていたこの一週間、一部の新聞やテレビで隠れた不良債権が問題になった。不況のツケが残っているのではないかという。うちの銀行も内情は似たり寄ったりと見てよい。それで何かと慎重な社長は考えているわけだ。銀行系の証券会社として業績は悪いほうではないといっても、銀行がおかしくなれば大変だよ。さしあたって銀行と共同出資しているリース会社が問題になる」

「例のリース会社か」

「リース会社は、いつか君に話したように問題だらけだ。どうも私の知らないひどいこともある感じだ。それで、銀行とも話し合って二年後に清算することにしたのだが、社長はその計画はそれとして、他にA案とB案とを早急につくれと二週間前に言ってきた。つまり、二年後ではなく二か月後に特別清算するA案、潰さないで生かし続けるB案だ。どうも西山副社長はB案を提唱している感じだ。もちろん、銀行の意向もあるようだが」

「それでわかった」

「社長は君の調査報告を判断材料の参考にするのではないかと注目しているわけだ」

「私は、先ほども言ったように判断材料の参考になるような報告書は出していないよ」

「何、報告書を社長に出したのか」

「いや、出したが、口頭で説明せよと言われ、用意した報告書はすぐにシュレッダーにかけられた」

「そうか。それはよかった。中身がなくてもこういう時期に文書を残すのはよくない。独り歩きするからな」

「それで、結論――見通しはどうなんだ」

「少し前までは、何とかして二年間を目途にやってみようと考えたのだが、ここにきて目に見えるかたちで早めに整理すべきだという機運が出てきたのだ。銀行の中にも同じ意見がある。銀行は格付けを上げるために早期に不良貸し付けの整理を急いでいる。二か月といえばすぐだ」

「そうか。大変だね」

「潰すのは簡単だが、それで成果を上げようとなると難しい。状況をよく見極めて、タイミングよくやることが必要だ」

「犠牲者が出かねないね」

「やむを得ない、とは言いたくないが、みんながハッピーとはいかない。最近の他社の例を見ればすぐわかることだ」

「この段階で不良債権をつくったのは過去の人で、悪いのはあの人だなんて言っても始まらない」

「その考え方を改めないと、前に進まないな」

「そうだ。まあ、方向は見えている。私からもお願いだ。できるだけ多くの人に会って、今何が起こっているかをよく見ていてほしい」

「できるだけそうしよう」

「先ほど山田部長に一緒のところを見られたから君のところへ何か言ってくるかもしれない。言動には気をつけたほうがいい」

「また二人で話そう。やっと私の仕事の方向が見えてきた感じだな」

「よろしく頼む。ときどき会おう」

午後二時過ぎ、部屋に戻ると西郷の荷物が部屋の隅に置かれ、机の上に赤いバラの花が一輪挿してあった。

「やあ、どうもありがとう。この椅子に座って、やっと帰った気分になったよ」

西郷は両手を広げ机の上を軽くなでながら、芳江と小川恵子に笑顔を向けた。

「ご苦労さまでした」

芳江が改めて挨拶した。

「朝早く成田に着いて、すぐにお仕事ですから大変ですね。コーヒーを入れましょうか。ニューヨークのお天気はどうでしたか」

小川が立ってコーヒーの用意を始めた。

「一息入れるか。ニューヨークもロンドンもよく晴れていた。良かったのはメトロポリタン美術館と大英博物館の両方へ行ったことだ。どちらも以前行っているのだが、続けて見たのは今回が初めてで、またゆっくり見られた」

「博物館って古いものが多いのですか」

小川が目を輝かして聞く。

「そうだね。今度は古代エジプト美術を中心に見てきた。ミイラだ」

「えっ、ミイラを——」

小川は大げさに顔をしかめた。

「室長は本当に忙しいですね。今度もフランクフルトに着いたらすぐ帰るように伝えてくれなんて、ひどいと思ったわ」

「そうだね。ロンドンにいるうちに言ってくれれば、もう一日、ロンドンでゆっくりできたのにね。そうそう、スーツケースに大英博物館で買ったちょっとした土産物があるから出してほしい。包みの上に名前が書いてあるからね」

「ありがとうございます。私が出してもよろしいですか」

芳江が遠慮がちに言う。

「そうしてくれ。ミイラではないから、大丈夫だよ」

ミイラと聞いておじけづいた小川に笑いかけながら、西郷は上着のポケットからスーツケースの鍵を出し芳江に渡した。

と、そのとき、部屋のドアがいきなり開いた。入り口に西山副社長が立っていた。

「あっ、副社長——。今朝ほど出張から戻りました。まだ、挨拶もしていなくて——」

西郷は、慌てて頭を下げた。芳江と小川がばたばたとテーブルの上の飲みかけのコーヒーカップを片づけようとした。

「やあ、そのままでよい。そうだ。私にも一杯ください」

西山は、ソファーに座ると改めて西郷を見た。

「急いで帰ってきたそうだね。せっかく行ったのだからゆっくりしてくればよかったのに。疲れただろう」

「いや、飛行機の中でもよく眠れましたし、そんなことはありません」

「そうですか。それでは今晩、軽く一杯やりましょうか。うまいものを食べると疲れもとれるという。あとで秘書に場所を連絡させよう。まあ、早めに切り上げ、奥さんに心配をかけるようなことはしないから大丈夫だ」

「いや、そんな気を遣われなくても――」

「あなたと一杯やるのは前々からの約束でしたからね。ああ、その荷物は私の車に積んでおくといい。店から帰るときあなたの車に乗せればあなたも安心でしょう。家に帰って、奥さんへの土産を会社に置いてきたのでは悪いからね」

「恐れ入ります」

「それじゃ――」

西山副社長はコーヒーをひと口飲むと席を立った。三人はその背に深く頭を下げ、顔を合わせて苦笑した。

「まったく、驚いたわ。あのように言われたのでは、断れないわね」

と、芳江が言う。

「命令だわ」

小川がつんとして言った。

「そんな言い方をしてはだめよ。お仕事なのだから。それにしても、大変ですね」

芳江が西郷の方に顔を向けて言った。

「なあに、そうがたがたすることはない。用件はわかっている。うまくやるよ。コーヒーをもう一杯くれ」

夕方、部屋から家へ電話した。妻の奈美がすぐに出た。

「早めに帰ろうと思ったら、西山副社長につかまり、今晩、付き合わされることになった。そんなに遅くならないつもりだ」

「大変ね。それじゃ、食事はいいってことね。今朝、お電話いただいたわ。飛行場には酒井芳江さん、女性の方が出迎えられたそうね。お礼を言っておいたわ」

「部屋の秘書だ。急な連絡事項があってね」

「お土産を買ってきてあげたでしょうね」

妻が、何となく芳江に気を遣っている感じがした。芳江がどう言ったかわからないが、芳江の気配りに一般の秘書以上のものを感じたのか。女の勘を働かせるものがあったのかもしれないと思った。

狭い部屋のことで、西郷が妻と話している電話の雰囲気が近くにいる芳江にもそれとなく伝わっていた。途中で、芳江が顔を上げて西郷を見た。それに西郷は頷きながら、そのうち二人でゆっくり食事をしたいと思った。

指定された場所は六本木に近い西麻布のこぢんまりした料亭で、西郷は初めてであったが西山副社長は馴染みのようであった。西郷が十分前にタクシーで着くと、門を入った所に女将が立っており、「お待ちです」とすぐ奥の座敷へ案内された。広間にテーブルを囲んで三人の席が用意されおり、西山副社長は床の間を背に座っていた。

「長旅でお疲れのところ、誘って悪かった。まあ、気楽にしよう。とりあえず、ご苦労――」

ビールが運ばれると、西山副社長はさっと手に取り、西郷に注いだ。

「ありがとうございます」

西郷は率直に受けた。

「今日は、西郷さんの慰労会のつもりだが、以前から西郷さんと飲むときはぜひご一緒させてくださいという人があってね。急だったが、空いているというので呼んだ。いや、君のまったく知らない人ではない。銀行の山本常務だ」

山本といえば、銀行時代の西郷の三年先輩で十年前はそれほどではなかったが、今は業務推進本部長で不良債権の処理に辣腕を振るっている男と財務部長から聞いていた。

「彼は僕の後輩でね。銀行のときもずっと一緒だった。いかつい顔つきで銀行では若い女性たちに毛嫌いされているようだが、根はやさしい男で可愛い奴だ。ときどき飲んだりゴルフをしたりしている」

「それはそれは――」

「固くなることはない。一か所寄らなければならない所があって、遅れて申し訳ないと言っていた。二人で始めよう」

昼に財務部長に会っており、西郷はだいたいの動きはわかっていた。それにしても、何だかがたがたしている感じであった。

「西郷さん――」

もの思いに耽っていると、西山副社長がビール瓶を手にしていた。

「あっ、失礼しました」

西郷が慌ててコップを上げると、西山副社長はにこやかな顔で言った。

「前々から、君に言おうと思っていたのだが、僕と君とは馬が合うと思うんだ。どうだい、ここで杯を交わそう」

部屋へ案内されたとき気づかなかったが、テーブルの片隅に日本酒のとっくりとひと回り大きい杯を載せたお盆があった。西郷は一瞬、緊張した。と、そのとき、山中が出掛ける前に、何かあったらとぼけた振りをすることを忘れるな、と言ったのを思い出した。

「いや、西山副社長には失礼ばかりして。もともと不調法なほうでよくわからないことばかりですが……。まあ、そんな大きな杯ではなく、小さいのをいただきます」

「遠慮することはない。まあ、こういうことには作法というものがあるのだが、形式張ることはない。杯を返してもらえばよい」

西郷は、正座して西山副社長の持った大きな杯に酒を注いだ。

「ほう、杯を交わされましたな」

いつの間に来たのか、西郷の後ろに山本常務が立っていた。

山本常務は、どこか別の席で飲んできた感じでご機嫌であった。座るなりビールの瓶を手にし、西郷に向けて差し出した。

「海外調査からお帰りになったところとか、お疲れ様でした。西郷さんが社長の補佐役に就かれたと聞いて、すぐに会わせてほしいと、副社長にお願いしていたのです。まあ、ひとつよろしく頼みますよ」

「社長の補佐役なんて、とんでもない。私はただの……」

「まあ、いいじゃないか、西郷君。君は今、銀行からも注目されるポジションにいるわけだ」

西山副社長が隣で口を挟んだ。いつの間にか副社長が隣に移って、山本常務が上席にあたる床の間を背に座っていた。

「いろんな動きは副社長が承知だから、社長だけでなく、副社長の話もよく聞いてもらいたい。お願いしておきますよ。先ほど杯を交わされたことだし――」

ゴルフ焼けした顔をほころばせて話す。笑うといかつい顔がますますいかつくなり、鬼瓦の面相を呈した。

「まあ、今日は顔見せだ。楽しく飲もう」

と、西山副社長が手を叩くと、さっと後ろの唐紙が開き――

「こんばんわ」

三人の芸者が太鼓と三味線を手に賑やかに入ってきた。

軽くと言ったのが、芸者が来るとたちまちどんちゃん騒ぎになった。西山副社長が「西郷君は洋行帰りでお疲れだ」と気を遣い、一足早く席を立ったが、それでも西郷が自宅に着いたのは午前零時を回っていた。帰りがけに送りに出た女将が、「山本常務からです」と大きな土産物の包みを手渡した。西郷の迎えのハイヤーに旅行のスーツケースが積んであった。

家に着くと、妻が居間の灯りを明るくして待っていた。

「地球を一回りもする旅行をして早朝に帰国したというのに、朝から夜中まで大変ね。身体は大丈夫……」

「いや、まいったね。私が出張している間に何かがあったようだが、風雲急を告げるような状況だ。社長は成田に着いたらすぐに来いという。一段落して早めに帰ろうとしたら、西山副社長が今夜ぜひとも一杯飲みたいという。その席に銀行の山本常務が来て、よろしくと、どんちゃん騒ぎだ」

「まあ、渦中の人みたいね」

「どうも、私に何かをうまく取り繕わせようとしている感じだが、きょう一日だけではよくわからない」

「変に利用されないでね」

「うん、充分に気をつけるよ。そうだ。ニューヨークで吉田哲雄君に世話になった。自宅に招かれ夕食をご馳走になった。絵里さんも元気で、奥さんによろしくとのことだった。ティファニーの本店で金のネックレスを土産に買った。吉田君がこれだけはニューヨークの本店でしか売っていないものだというから、ちょっと高いと思ったが、まあ、滅多に行けないからね」

西郷は、スーツケースからティファニーの包みを出して渡した。

「まあ、大きな飾りね。これだったら……どうも。調査室の人にも渡したのでしょうね」

「今朝方、電話した酒井君、それに小川君という二人の女性がいる。大英博物館の売店で買ったスカーフを上げた。柄の違ったのがもう一枚ある。古代エジプトの美術の絵をコピーしたものだが、おもしろいと思ってね」

「酒井さんって、できた人の感じね。おいくつくらいの人」

「若く見えるが、四十歳近いはずだ。よく気がつくので助かっている」

「一度、会ってみたい感じがしたわ」

「普通の女子社員だ。さあ、今日は疲れたから休もうか」

「お風呂が沸いているわよ」

翌朝、いつも通り午前九時に部屋に着くと、人事部長の鈴木が待っていた。

「おはよう」

「昨日、出張から帰ってきたんだってね。どうだった、ニューヨークは」

「久しぶりだったが、景気は良さそうだった。活気が感じられたよ。ところで何だね、早朝から」

「いろいろ忙しいようだから、調査室へ優秀な課長を斡旋しようと思ってね。来月からどうだ」

人事部長はにこやかに言う。西郷は人事部長の腹を読みかねた。

「君、調査室はスタートしたばかりだよ。まだ何もやっていないよ」

「そう難しく考えるな。前に言っただろう。課長クラスを一人か二人入れてやると。そのための机も椅子も用意してあるではないか」

「体制もできていないし、まだ時期でないと思うが。そのときが来たら、こちらから頼むつもりだ」

「体制はこれから作ればよい。くれるというときに、もらっておいたほうがいいのではないか」

「まあ、人によりけりだ。無理に押し付けられても――」

「それはそうだが――」

人事部長は含みのある言い方をした。

「何だ、それは君の考えか」

「私は平の部長だ。人事の統括は西山副社長だ」

「わかった。調査室統括の社長に聞いてみよう」

「それはやめたほうがよい。たかが課長人事だよ。部長権限の範囲だ」

「それで、人選は終わっているのか」

「まだだ。まあ、そうムキにならないで、私が朝一番にここへ来たことをわかってほしい」

「よし、考える。君にはいろいろ世話になっている。感謝している」

西郷は、人事部長の言うようにムキになりすぎたと反省した。

「それじゃ、あまり考える時間はないよ」

人事部長は、空いた席を確かめて出て行った。

それにしても、昨日の今日か。西山副社長もやるな、独り言をつぶやきながら席に着くと、待っていたように電話のベルが鳴った。財務部長の川上からだった。

「おい、西郷調査室長が西山副社長と杯を交わしたという噂が流れているぞ」

「えっ、そりゃあひどいな」

「そんなことはないだろう、と言ったら、ちゃんと立会人がいたから間違いない、と言われた。火のない所に煙は立たぬ、というではないか。心当たりはないのか。聞いたのは銀行の奴だ」

「わかった。コーヒーを飲む時間はあるか。うん、昼飯にしよう。席はこちらで用意する。他にも話したいことがあるのだ。少し遠いが吉野鮨へ来てくれ」

「わかった。言動に気をつけろと昨日言ったと思うが、念を押しとくよ」

吉野鮎は、会社からも地下鉄の最寄りの駅からも少し離れたところにあり、昼は予約客だけを入れた。カウンターの奥に床の間の付いた小部屋があった。十二時過ぎに着くと財務部長は追いかけるようにして来た。

「いや、君の電話には驚いたね。今にして思えば、昨日の西山副社長の誘いというか申し出をその場で断るべきだった。飛行機の中で一睡もしていないので、と理由はあった」

「何だ。西山副社長と夕べ飲んだのか」

西郷は、前日、財務部長と昼食を共にして部屋に戻ったところへ、西山副社長がいきなり訪ねて来たところから、夜の会合まで詳しく話した。

「その現場、大きな杯を交わしたところへ山本常務が現れたというのは、できすぎているね。油断も隙もない。まったく策士だ。これからどんな手を打つか。問題はこれからだからな」

「それにしても、夕べのことをすぐに君のところへ流すとはね」

「これから、いろんなことをやろうとしているのを、事前に牽制するつもりなのだろう」

「大変だね」

「他人事みたいに言ってては困るよ。君にはしっかりしていてもらいたい。そうだな……君、西山副社長と酒を飲んだことを今日にも社長の耳に入れておいたほうがいいよ。この時期に君が社長に不信感を抱かせるのはよくない」

翌朝、西郷は普段より一時間早く出社し午前八時前に緊張した表情で社長室の前に立っていた。財務部長の指摘でその日の午後に会おうとしたが、社長は外出のまま帰社しなかった。

「おはよう」

社長は、西郷が思っていたより五分ほど早く顔を出した。エレベーターを降りると少し前かがみに辺りを睥睨《へいげい》しながらゆっくり歩き、西郷に気づくと小さく首を縦に振った。社長のあとに従って部屋に入ると、西郷は席に着いた社長の顔を改めて見た。

「何だね」

「いや、大したことでは――」

社長の鋭い目つきに西郷は一瞬たじろいだ。社長はいつもと違っていた。

「何、用があったから、待っていたのだろう。何なりと言いたまえ」

「実は――」

「早く言わんか」

「一昨日の夜、西山副社長にご馳走になりました。そして昨日、調査室に課長を入れたいと、人事部長が言ってきました」

「一昨日といえば、君が帰国した日ではないか。その場に誰か来たか」

「銀行の山本常務が――。ただ酒を飲んだだけです」

「うん、わかった。課長は黙って受け入れ、社史の調べものでもさせておけばよい。そのうち、何か言い出すだろう」

「はい、そのようにします。それでは、失礼します」

西郷は社長の気迫に圧倒された。思考力が一時停止し、思うように言葉が出てこなかった。深く下げた頭を上げようとしたとき、

「ああ、そうだ。明日の午後七時ごろ、東京会館の一階ロビーで待っていてくれ。六時からのパーティーに顔を出してくる。何か俺に聞きたいことがあるだろう」

「承知いたしました」

西郷は、もう一度、深く頭を下げて社長室を出た。いつにない厳しい社長の立ち居振舞いに西郷は緊張したまま調査室へ入ると、人事部長が待っていた。つい何だといわんばかりに無愛想な顔を向けた。

「昨日話した課長の件だが、今日中に決めようと思う。何か考えはあるか」

「いや、ない。決まったら本人の履歴書を届けてくれればよい」

「いやにあっさりしているではないか。候補者の名前を聞かないのか」

「こちらから頼んだ人事ではない。名前を聞いて、だめだとはいえないのだろう」

「おい、そんな言い方はないぞ。万が一にもそんなことはないが、仮にそうであったとしても、俺は人事としての手順を踏んでいるつもりだ」

「それは悪かった。まあ、今回は何も言わないつもりだ。任せるよ」

「何かあったのか」

「何もないよ」

「そうならよいが、ちょっとおかしいぞ。君らしくない。いつか、君が言っていたではないか。のんびりやるって。そうかっかするな。じゃあ、また出直してくる。おい、そのうち一杯やろう」

人事部長は、さっと席を立った。

「ありがとう」

憮然とした顔で部屋を出て行く人事部長の後ろ姿を見送りながら、西郷は「ちょっとおかしいぞ」と言われたのを思い出し反省した。いつになく厳しい社長とまともに向かい合った緊張感から抜け出せなかった。

「おはようございます。コーヒーを入れましょうか」

芳江がそっと傍に寄ってきた。

「そうだな。みんなも一緒に飲もう」

西郷は、大きく息を吐いた。

「室長さん、疲れていらっしゃるのでは。海外から帰って休む暇もないんだもの」

小川がコーヒーを入れながら言った。

「そうだな。おい、昼に何か旨いものを食べに行くか」

「賛成。それがいいわ」

二人は笑顔を見せ、声を揃えて言った。と、そのとき西郷の机の直通電話のベルが鳴った。

「おお、いつ帰ったのだ。ロンドンでは緊張していたそうだな。夜に踊りでも見に行きませんかと誘ったら、今日中にメモをまとめておきたいと断ったそうじゃないか。ハードな旅で疲れが残っているのでないか」

商社の山中だった。社外の友人からの電話にほっとする。肩の凝りがすーっと消えるような解放感が伝わる。つい声が弾む。

「やあ、帰ったのは、一昨日の朝だ。予定を二日繰り上げて帰ったのだが、ロンドンでは支店長に大変世話になった。すぐに電話してお礼を述べようと思ったのだが、ちょっとバタバタしてね。すまんが、世話になって感謝している。お陰で目的を達したと、とりあえず君からお礼のファクスをしておいてくれないか。帰る早々いろいろあって落ち着かないんだ。頼むよ」

「わかった。それはよいが、慣れない旅をして、すぐにバタバタするのは身体によくないよ。どうだ昼飯でも食うか。俺と食べる分には緊張することもないだろう。十一時半ごろにどうだ。東京会館の一階ロビーで待っている。午後にその近くで用がある」

それとなく聞き耳を立てていた芳江が席から西郷に向かって、どうぞと手で合図を送っている。

「そうか。それはありがたい。早めに行くよ」

西郷はすぐに頷いて山中の誘いに乗ることにした。

「君たちには悪いがまたにしよう」

「気になさらないでください」

二人は笑顔で見送った。


「見たところ、疲れているように見えないね。どうだった、大英博物館へは行けたかね」

東京会館の二階奥の窓際の席に着くと、山中はにこにこしながら話しかけた。

「ああ、古代エジプト美術をじっくりと見てきた。ミイラを見詰めながら死者を葬る気持ちについて考えたよ。極めて厳粛で、悲しみ、哀れみといったものはそこにはないのだね」

「うん、次はカイロ博物館を見に行ったらいい。そして、遺跡を訪ね、ナイルの流れを眺める。気宇壮大な気分になるぞ」

西郷は窓越しに皇居の堀の石垣を眺めながら、山中のおおらかな笑顔がうらやましかった。

「ぜひそうしたいものだ。そんな日が来るかな――。何だか……このところいろいろあってね」

「まあ、生きていくためには、日常の煩わしさを回避してはいけないが、それにしても、この年になったら、何事も懐を深くして堂々とやりたいものだ。ところで社長の期待に応えられるような報告ができたかね」

「現地で聞いたエコノミストの分析と肌で感じた感想のようなことを話したら、臨場感があってよい、と言われたよ」

「それは良かった。社長は現場感覚がほしかったのだな」

「実は、フランクフルトのホテルへ着いたら、すぐに帰国せよという伝言があり予定を切り上げて戻った。どうも君が言ったように社長の頭の中にはすでにシナリオがあって、動かされた感じだ」

「それがわかっていればいい。前にも言ったが、とぼけることを忘れるな。それに何かを言われてもすぐに動いてはまずいこともある。デジタルな動きは機械に任せておけばいい。相手がどう動くか、充分見極めてからにすることが大切だ」

「わかった。いつも気にかけてくれてありがとう」

「そうだ。来月辺りゴルフに行かないか。手ごろな出物があって会員権を買ったのだよ。電車で行ける。女房と一緒に行くが、君も奥さんを連れて行かないか」

「うちの女房はクラブを握ったこともないからな」

「何、練習場で少し打たせれば大丈夫だよ。うちの家内に特訓させようか」

「そうだな、帰って話してみよう」

午後一時半に約束があるという山中と別れ、ゆっくり会社に戻ると、机の上に「財務部長から電話二回」という芳江のメモがあった。すぐかけると、

「どこまで昼飯を食べに行ったのだ。ずいぶんとゆっくりだな。話したいことがある」

「喫茶店に行くか」

「二十分後に待っている」

受話器を戻すと、芳江が声をかけた。

「社史編纂を請け負っているエージェントの担当者から打ち合わせをしたいとの連絡があ

りました」

「そうか。新しく課長が来たら君たちと一緒に聞いてもらおう。来週くらいになるだろう」

「わかりました。先方にも伝えておきます」

「喫茶店へ行くが、三十分くらいで戻る」

芳江に言い残して部屋を出ると、ゆっくり歩く。何か難題を持ちかけられそうな予感がした。山中が、「日常の煩わしさを回避してはいけない」と言ったのが思い浮かぶ。

財務部長は喫茶店の奥の席で入り口に背を向け俯き加減に座っていた。西郷が近づくと、さっと頭を上げ、顔を顰めていきなり話し出した。

「リース会社の前の社長が、銀行の肩代わりの融資をかなりやっていたようだ。新しい社長が青くなっている。手に負えないのかもしれない」

「調べたのか。それでどうする」

「全部ではないが調べた。もう放っておけない。いずれ表に出るのは避けられないだろう。それでうちの社長の肚を探ってほしい。もう社長が肚を括っているのだったら、準備が必要だ。一気に事を運ばねばならない」

「社長の肚を探れ――それが俺の仕事か」

「君しかいないよ。頼む」

財務部長は西郷を睨みつけ、ぐっと頭を下げた。

何を言う、と西郷は一瞬、戸惑った。調査室は社長直轄で社長の指示に従って仕事をしている。社長と会って、顔を見ながら話しておれば、社長がその時々何を考えているかはわかる。時には、具体的な指示がなくても、その意を酌んで行動することが求められると自覚している。西山副社長が西郷に気を遣うのは、社長の考えや動きを知りたいからであろう。

しかし、社長の考えがわかるといっても、核心に触れる部分は推測しかない。重大な決断を要する微妙な問題については社長も明かさないだろう。肚の底で何を考えているか、問題は、とぼけて聞くような話ではない。下手な聞き方をしたら社長の機嫌を損ねかねない。今朝のようなぴりぴりした社長の顔を前にしては控えるべきであろう。

同じサラリーマンとして、「頼む」と頭を下げた財務部長の気持ちがわからないわけではない。西郷は目を閉じ、腕を組んだ。社長の厳しい顔が瞼に浮かぶ。とそのとき、「俺に聞きたいことがあるのだろう」と言った社長の言葉が閃いた。社長に聞きたいこととは、社長が言いたいことではないだろうかと思いついた。そのことを財務部長に明かそうとして、やめた。

「ところで、新しくリース会社の社長になったのは、たしか佐藤といったな」

西郷は、太陽リースの社長に銀行の同期で取締役の佐藤が就任したと聞いていたが、同期とはいえ付き合いもなく一緒に仕事をしたこともなかったので、どんな男かよくわからなかった。しかし、断ったとはいえ、先に自分が内示を受けた会社の社長ポストだけに気になり、いつか調べようと思っていたが、そのうち急に忙しくなったため、そのままになっていた。

「そうだ、佐藤孝之という。審査部長を長くつとめた真面目な人だ。役員になってからも審査担当で、バブルのころ急に増えた貸し出しに神経を遣い、とりわけ、ろくに担保を取らない融資に厳しい目を向け、融資担当者の反発を買うこともあったと聞いている」

「それじゃ、太陽リースの内情についても、事前にわかっていただろうに」

「ある程度はわかっていただろう。しかし、直接担当している会社でないと、個別の中身まではなかなかわからないものだ。それに、仮にわかっていても、上から社長になってくれと言われたら断れないものだ。君は断ったと聞いているが、正式な話があって辞退したのだったら、例外中の例外だ」

「それにしても、青くなるとは、よほど予想外のことがあったのかな」

西郷は財務部長の顔色を窺った。調べたからには、財務部長はその辺りを知っているのだろうと思った。

「こういう時代だ。意図的に隠され、一部の者しか知らないことがあっても不思議ではない」

「そうだな」

「裏の事情は担当者でないとわかりにくいし、政治家とか暴力団がらみのものだと、やっかいでなかなか手がつけられないものだ」

「そうかもしれないが……」

「まあね。といって、放っておいたら大変なことになる。青くもなるわけだ」

「うん、もしそうだったとしたら、気の毒な話だ」

といって、西郷は気の毒な話では済まされないと思った。社長の厳しい表情が浮かんだ。

「もし、自分がその立場だったらどうするか、真剣に考えてほしい。そのうえで、社長がどう考えているか聞いてもらいたい」

財務部長は西郷を睨みつけるような目を向けた。


夜の闇にすっぽり覆われた皇居前広場には人影もまばらであった。黒い松の向こうに東京会館が見える。きらきら輝く窓の灯りが外にこぼれるようで華やかであった。西郷は腕時計を見ながら日比谷公園を通り抜け、桜田門から皇居前広場をゆっくり歩いた。午後七時五分前に東京会館の自動ドアの前に立った。どこにいたのか社長秘書がそっと近づき、社長は間もなくお見えですとささやくように言った。西郷は無言のまま頷き、玄関脇の柱の陰に目立たないように立った。調査室長になって、時間を厳守し、派手な動きを好まない社長の性格がわかっていた。

東京会館一階ロビー右手奥にある三台のエレベーター前は、天井のスポットライトで照らされいちだんと明るく、少し離れた場所からも乗り降りする人の顔が識別できた。午後七時、時計の針に合わせたように開いた真ん中のエレベーターから社長がすっと出てきた。人間、ある年齢に達すると、その人が長年にわたって培ってきた人柄や毎日の生活態度のようなものが歩く姿にも出てくるものである。社長は背筋を伸ばしまっすぐ入り口に向かってゆっくり歩いてくる。小走りで近づいた秘書に目もくれないが、無視しているわけではなく、驕り高ぶったふうでもない。自然体であった。西郷は社長の後ろに回り、玄関のドアを出た所で左側に寄り、顔を上げた。

社長は黙って頷き、車寄せに来た車にさっと乗る。西郷は反対側のドアから「失礼します」と声をかけて乗り隣に座った。秘書は姿勢を正し車の外に立っていた。

「うん、寿司屋に行くか」

社長は運転手に声をかける。

「はい、花山にしますか、それとも川本にしますか」

「西郷君と二人だから川本にしてくれ。この時間だったら空いているだろう」

川本は築地の外れにある寿司屋で、ゆったりしたカウンターの奥に小部屋が二つあった。西郷はそのカウンターで一度食べたことがあったが、社長と行くのは初めてであった。

「どうですか、旅の疲れは取れましたか」

「はい、疲れるような旅行ではなかったので」

「便利になったからね。時間的には海外も国内も一緒だ。われわれの考え方も同じレベルにしておかないとね」

社長は独り言のように言った。

二人を乗せた車は十分もすると川本に着き、小部屋に通されると、社長はビールを運んできた主人に「五、六分してから頼む。いつものとおりでよい」と言った。

西郷は改めて社長の顔を見た。社長室で見るより寛いでいる。

「さあ、楽にしてよい。昨日の続きだが、何か聞きたいことがあるのだろう。何なりと言ってよい」

「新しく就任したリース会社の社長が青くなっていると聞きましたが」

「うん、銀行の一部の人間がろくに担保も取らないで融資を押し付けていた。不動産の値下がりはリース会社に限ったことでないが、もう、放っておけなくなった」

「それは、最近になってわかったことですか」

「良くないことは前々からわかっていたが、その実態がはっきりしたのは最近だ。銀行も連結決算の問題もあって、はっきりせざるを得なくなった。さらに飛ばすとか、評価を誤魔化すとかすれば別だが」

「先送りですか」

「銀行の中には、五割弱のリース部門は健全なのだから、しばらくこのままやったらいいという者もいる。しかし、他にかなりの債務保証があり、どうも不透明なものが見え隠れしているのだ。君の報告にあったように、この際、米国流にすっきりさせたほうがよいと考えるようになった。銀行の頭取も同じ考えだ」

「それで、もう肚を括られたのですか」

西郷は問い質した。

「肚を括る。君は古いこと言うな。どうしたら会社にいちばん良い結果をもたらすか、真剣に考えて結論を出す。そして決断したときは一気呵成にことを運ぶ。それが経営というものだ」

そこまで話すと、社長は手を叩いて主人に合図を送った。

寿司屋の前で社長を見送り、タクシーで家に帰ると十一時を回っていた。奈美は居間でテレビを見ていた。

「食事は、何か軽く召し上がりますか」

「いや、社長に鮨をご馳走になった。土産に持ってこようと思ったが、社長の手前もあって頼めなかった」

「そんなに美味しい鮨でしたの。そうそう、山中さんの奥さんから、ゴルフの練習に行きませんか、という電話があったわ。私、やったこともないし、第一、道具もないからって断ったら、あら、ご主人から何もお聞きになっていませんのって」

「そうだ、忘れていた。山中君がゴルフ場の会員権を買ったので、奥さん同伴で行こうと誘われ、うちはまだやったことがないといったら家内に特訓させようか、というのだ」

「まあ、そういう話はすぐに言ってくださらないと困るわ。でも、私にできるかしら」

「できるよ。昔、一緒にテニスをやっただろう。君の運動神経ならすぐできるさ。今度の土曜日にでも手ほどきをするか。その前に道具を用意する必要がある」

翌日午前九時、調査室に着くと待っていたように机の上の直通電話のベルが鳴った。

「はい、西郷です」

「早速だが、君、今週の土曜日は空いていないかね。先日会ったとき話したと思うが、今朝、銀行の山本常務から電話があってね。ぜひ、君と一緒にゴルフをしたいというのだ。もちろん私も一緒だ。天気も良さそうだ」

西山副社長からだった。都合を聞いているが、断ることを拒否した言い方である。

「先日はどうもありがとうございました。土曜日は特に予定はありません。ただ、ゴルフはこのところやっていないので、ご迷惑をおかけするような気がいたしますが」

西郷はあまり気乗りしなかった。杯を交わしたことになっている副社長と、その噂を翌日朝に流した銀行の常務が一緒である。気が重かった。

「君、銀行のころはよくやっていたそうではないか。何、すぐ勘を取り戻すよ。それじゃ、いいね。ゴルフ場は平塚富士見だ。スタートは午前九時、適当な時間に迎えの車を出させるから心配ない」

「いや、私は電車で行きますから」

「何を言うかね。大調査室長が。車を出すのは銀行のほうだから気にするな」

そこで、電話は切れた。西郷はしばらく受話器を手にしたまま、憮然として立っていた。

土曜日に奈美にゴルフの手ほどきをすると言ったのを思い出していた。

「西山副社長から、二十分ほど前に電話があったので、九時に出社されますと答えたのです」

芳江がすまなそうな顔をしている。

「そうか。それがわかっていたら、どこかへ寄ってくるのだったな」

「すみません。これから気をつけます。わかりませんと曖昧な返事にしておきます」

「あなたが悪いわけではない。それに、曖昧ではいけない。そうだな、たいがい九時前に出社するが、余所を回って午後になることもあるくらいにしておくか」

芳江の隣で小川も頷いている。西郷は座り直して机の右端にある書類箱を引き寄せ、蓋をとった。中には郵便物や社内の書類がきちっと整理されており、急ぐものには付箋が貼られ「急ぎ」と芳江が印を付けている。

海外出張のあと、西郷は落ち着かない毎日が続いている。机に向かって書類に目を通したり、考えたりする時間がほとんどなかった。いつもばたばたした気分になっている。届けられる書類の中には組織としての連絡事項もある。やはり、事務的なことをきちっと任せられる課長がいたほうがいいと思った。

そして、課長人事はどうなったのだろう、と人事部長に電話しようとして、躊躇した。先日、人事部長に任せると言った以上、こちらから電話するのは催促するようでおもしろくなかった。といって、課長人事の件で芳江を使うわけにもいかなかった。また、一時の気の昂りで喧嘩してはいけないと反省した。そんなことで情報が途切れることにでもなったら損だからである。一息入れて、西郷は人事部長に詫びを入れることにした。

「先日は失礼した。例の課長の件だが、決まっていたら知らせてほしい」

「この間はどうかしていたぞ。君があまり歓迎しないようだったので、そのままにしてある。つまり進展していないということだ。君がほしいというのであれば、早急に詰める。それでも来週になるぞ」

「そうか。おれは出歩くことが多いので、内部の仕事を任せられるような人がいい。よろしく」

「わかった。君に頼まれては放ってはおけない。いい人を探そう」


週末のゴルフ場は早朝から人出が多くざわついている。人込みの中で帽子を手に互いに深く頭を下げたり、中には名刺を出している者もいる。ゴルフを楽しむというより接待や営業の場として利用している。そういう西郷も単にゴルフを楽しみに来たわけではなかった。銀行の山本常務の顔を見かけたら、先日、飲んだあと車に積まれた過分の土産物のお礼を述べるよう、出掛けに奈美に念を押されてきた。それを思うと憂鬱であった。

西郷がロッカーで靴を履きかえ、二階の食堂へ上がると窓際の席で西山副社長と山本常務、もう一人背を向けた男の三人がコーヒーを飲みながら談笑している。背を向けていた男は西郷が近づくと立ち上がって迎えた。

「今日は、お誘いいただいてありがとうございます。それに常務、遅れましたが先日はいろいろお気遣いありがとうございました」

「いやいや、今日はよろしく、さあ、どうぞ」

山本常務は脇の椅子をひいて西郷にすすめ、西郷が頭を下げて座ろうとすると、立ち上がった男の顔を見ながら、

「業務推進部長の斉藤君です。まだ若いが私の手足となって動いてもらっています。どうかよろしくお願いします」

紹介された斉藤は、手にしていた名刺を差し出し挨拶した。

「西郷君のハンデはいくつだ。常務が今日は対抗戦にしようと張り切っている。私はオフィシャル一五だ。常務は一〇、斉藤君は二〇、若いだけによく飛ぶ」

「私はとてもそんな、何とか一〇〇を切りたいと思いますが、まあ三〇、二五としておきましょうか」

「そうか。まあ、気にすることはない。楽しくやろう」

西山副社長はうれしそうに笑った。打ち解けた表情で、会社で見かけるのとは別の顔であった。山本常務もすっかりくつろいだ感じである。二人の間で気を遣っているのは斉藤

で、頻繁に席を立ってスコアカードを持ってきたり、新発売のゴルフボールを買ってきて三人に配ったりで、テーブルのコーヒーもひと口飲んだだけだった。

この辺りのゴルフ場は湘南海岸に近く、高台に建つクラブハウスの中を吹き抜ける風は爽やかで、窓の向こうに浮かぶ白い雲に夏の気配が感じられた。西郷はこれから迎える暑い夏が思いやられた。何かが起こるような気がしてならなかったからである。

「そろそろ時間です」

斉藤が声をかけ、四人はゆっくり立ちあがりスタートホールへ向かう。途中、山本常務の後ろを歩いていた西山副社長が振り向き、笑顔で言った。

「西郷君のところに課長が来るんだって。先日聞いたが、飯田君はまだ若いが優秀だ。可愛がってやってくれ」

「はい」

西郷は「はい」と返事をしたが、それ以上は答えなかった。というより、飯田という名前を聞いたのは初めてで、それ以上話しようがない。すぐに人事部長の奴と思ったが、その場はとぼけるしかなかった。

そんな西郷に、西山副社長はティーグラウンドの前でまた言った。

「これで君も少しは暇になるだろう。次回は彼の歓迎会を兼ねて社内のものだけでやろう」

「はい」

西郷はまた曖昧な返事をした。そして、手にしたドライバーを振り回し、「よし、負けるものか」と気合を入れた。

スタート順は斉藤が手にした棒くじで決めたが、常務が一番で次いで斉藤が打ち、西郷は三番目だった。銀行組はコースにも慣れている感じで、フェアウェーの真ん中へ正確に飛ばした。そんな二人を見て、西郷は思いっきり振り抜いた。ボールは二つのボールの上を飛んで、かなり先まで行った。

「ナイスショット――。西郷君、よく飛ぶじゃないか。久し振りとは思えないよ」

西山副社長は西郷のショットを褒めると、フェアウェーのセンターに向け慎重に打った。銀行生活の長い西山副社長を含めた三人はミスを避けた堅実なゴルフで、それに比べ西郷のゴルフは同じ銀行出身ながら一味違った。殻を打ち破る豪快さがあった。

上がってみると西郷がトップだった。山本常務はにこにこしながら評した。

「いや、初めてご一緒したが、西郷さんのゴルフは豪快でこだわりがない。見ていてスカッとする。さすが西山副社長だ。いい人を社長の側近につけましたね」

山本常務は妙なことを言うと、西郷は思った。

第四章　あなたは運のいい人だ

「西郷さん、あなたは私の前に、太陽リース会社の社長に就任してほしいと頼まれたそうですね。それを断ったとは、本当ですか」

太陽リース社長の佐藤は挨拶もろくにせず、前かがみに西郷の顔を下から覗き込むようにしていきなり聞いた。唐突な問いに西郷は一瞬戸惑ったが、努めて冷静に答えた。

「はい、一日の猶予をいただいて考えたあと、社長の任は今の私には重過ぎますと申し上げました」

「考えたうえ、辞退なさった。社長の任は今の私には重過ぎる——。それが本当の理由なのですか」

ＪＲ品川駅に近い高輪プリンスホテル一階奥のレストランで、佐藤はテーブルの上に身を乗り出すように掛け、注がれたビールに目もくれず西郷に訴えるように問いかけた。青白い顔を顰め、しきりに瞬きする。落ち込んだ目が金縁の眼鏡の奥でときどき光るが、鋭く射る感じはない。瞬きするたびに眉間のしわが深くなり、目尻の端がひくひく動いた。どう見ても深刻な病にかかった人の顔であった。

この日、午後二時過ぎに西郷が外出から戻ると、待っていたように「太陽リースの佐藤です。ぜひ、お目にかかってお話ししたいのですが、今日の夕方、時間をいただけないでしょうか」と、電話があった。突然の面談の申し入れに西郷は驚き戸惑ったが、即座に「はい、結構です」と応じた。そして、会うのは、会社から少し離れた所がいいだろうと数年前利用したことのあるこのホテルのレストランを指定したのだった。

「リース会社の社長が青くなっていた」と財務部長の川上から聞いたとき、心に重くのしかかるものを感じ、一度会わなければいけない、と思った。あのとき、自分が社長を引き受けていたら、どうなったかという思いが一瞬頭をよぎった。また、リース会社がどんな状況なのか、調べるのは今の西郷にとって喫緊の課題であった。それにはリース会社の社長に直接会って聞くのが最も手っ取り早く確実な方法であったが、相手の意向もあり簡単なことではないと思われた。

それが相手からの突然の電話で実現し、会って名刺を交わすなり、面と向かって、「あなたは、どうして社長を辞退したのか」と詰問された。西郷は佐藤社長の顔を目の前にして返答に窮した。すると黙っている西郷を見据えるようにして、佐藤は追い打ちをかけた。

「ありのまま話してください。なぜ社長を断ったのですか。それがまた、どうして通ったのですか」

「五十七歳で役職定年を迎えたとき、私はもう窓際の生活でいいと思いました。それが辞退したあとで調査室ができ、その担当になるよう言われたのです」

西郷は正直に答えた。事実、そのとおりであったが、佐藤は納得できないといった顔つきをした。

「どうも、よくわかりませんね。私には理解できません。太陽リースの社長になれと言われたとき、私は銀行の役員でした。太陽リースの業績が良くないという噂は耳にしていましたので大変だなとは思いましたが、長年にわたって宮仕えしてきたからでしょうか、人事を断るという発想はありませんでした」

「そうしたことはあまり考えませんでした。一般的ではなかったかもしれませんね。そういえば、家内もあなたと同じことを言ったように思います」

「あなたは幸せな人だ」

ぽつりと独り言のようにつぶやいて、佐藤は肩をがくんと下ろした。

「さあ、佐藤さん。お疲れのようですが、今日はゆっくり飲みましょう。実は、私も佐藤さんに一度お目にかかりたいと思っていました。社長になると、何かと大変なのでしょう」

「予想できませんでした。会社がこんなに酷い状態とは……。それで、西郷さんはそのことがわかっていて、社長を辞退されたのではないかと思ったのです」

「まあ、どこの会社も問題を抱えているときですから、何かはあるだろうくらいに思いましたが、具体的には何も知りませんでした」

西郷は、財務部長から「二年後に整理する」と聞いたことは、明かせなかった。

「ただ悪いのではないのです。社長になってわかったのですが、隠されていたものがあって」

「隠されていた」

「そう、一部の人はわかっていたはずです」

佐藤は額に皺を寄せ苦虫を噛み潰したような表情をした。

「そうですか。一部の人しか知らないことがありましたか」

西郷は黙って頷き、佐藤の顔を見た。口をへの字に閉じ、憤懣やるかたないといった感じに、西郷はそれ以上聞くのを憚った。

「いずれ時期が来たら、はっきりする必要があると思っています」

佐藤は西郷をじっと見つめ、下唇を噛んだ。その表情に妥協を許さない決意が読み取れた。佐藤はこのことを伝えるために会いに来たのではないかと、西郷は思った。

それにしても、佐藤は西郷が太陽リースの社長就任を断ったことを誰から聞いたのだろう。そのことを知っているのは社長と西山副社長の二人だけのはずであった。

「さあ、少しいただきましょう」

西郷が勧めると、佐藤は軽く頷き箸を手にしたが、ほとんど食べず、「今日は、お時間をとっていただきありがとうございました」と丁寧に頭を下げた。

「いや、こちらこそ。また、会って話しましょう」

そっと立ち上がり、部屋の出口まで一緒に歩く。佐藤は振り返り、

「西郷さんは運のいい人ですね」

佐藤は、ぽつりと言い残すと俯いたまま消えるように立ち去った。

西郷が佐藤と会うのはこの日が初めてで最後となった。別れた後、西郷は品川駅に通ずるホテル脇の下の坂道を一人歩きながら、佐藤が話した内容を思い返してみた。疲れ切った青白い顔が浮かぶ。そして、自分は「幸せな人」で「運がいい」のだろうかと考えた。

坂の途中で顔を上げると、街路樹の向こうに品川駅の灯りが見え、多くの人が吸い込ま

れるように流れていく。一足先にホテルを出た佐藤がその中におり、「私は運が悪く、幸せではなかった」と呟いているような気がしてきた。西郷は「佐藤さん、そんなことはないですよ。人生はまだ終わっていませんよ。のんびりやりましょう」、と心の中で呼びかけた。そんな西郷の気持ちが佐藤に伝わるわけはなく、別れる前に伝えるべきだった、と思った。

自宅に帰ると、午後十一時を回っていた。「お帰りなさい」といつものように玄関へ出迎えた妻の奈美は居間で一人テレビを見ていた様子で、すぐにお茶を入れようとした。

「お茶はいい、ウイスキーの水割りを飲みたい」

「飲んでいらっしゃったのではないの」

「いや、今晩は例の太陽リースの社長になった佐藤さんと二人で食事をしてきたが、あまりいい食事ではなかった。苦労されているようで、酒もほとんど飲まずじまいだった」

「潰れると決まっている会社でしょう。大変だと思うわ」

「あなたは幸せで、運のいい人だと言われたよ」

「私もそう思うわ。何かしてあげることはないの」

「気の毒な感じがしたが、何かしてあげるといっても、難しいな」

「そういうあなたも、このところあまりのんびりしているように見えないわ。毎晩遅いし」

「いつの間にか、何かに巻き込まれてしまった感じだ」

西郷は、グラスに半分ほど残っていたウイスキーの水割りをぐっと一息に飲んだ。

「そんな飲み方をしては、身体に良くないわよ。あっ、そうそう、夕方に山中さんの奥さんから電話があったわ。ゴルフの練習はいつにしますかって。私、まだ道具もないのよと話したら、驚いておられたわ」

「先週の土曜日は副社長から急にゴルフに誘われたからな。そうだ。明日の昼、日本橋の三越へ出て来ないか。ついでに昼を食べよう」

「そんな時間あるの」

「何とかするよ」

「それじゃ、行こうかしら」

「十二時少し前がいい。正面玄関のロビー辺りにいてほしい」

奈美のうれしそうな顔を見て、西郷はほっとくつろいだ気分になった。妻の笑顔を見るのは久しぶりだった。

「山中さんとのゴルフもいいけれど、あなた、佐藤さんをゴルフに誘ってあげたら。喜ばれるのではないかしら」

「うん、どうかな。今日の様子ではとてもそんな雰囲気ではなかったたな」

「仕事の話はしないことにしたらいいのよ」

「そうしたいんだが、真面目な人ほどそうはいかないものだ。一度、誰かに聞いてみよう」

妻との話はそこで終わった。西郷はどっと疲れを感じた。


「それはまずい。よしたほうがいい。仕事ではないといっても、目の前に問題を抱えていてゴルフに夢中になるなんてなかなかできないもんだ。誤解を招くおそれがある」

財務部長の川上は何を言い出すのだと、怪訝な顔をした。

翌朝、午前九時の定時に調査室に着くと、川上があとを追うように部屋に来て「モーニング・コーヒーを飲みに行こう」と誘う。朝から緊張している川上を前に西郷は喫茶店に着くなり、昨夜遅く、妻の奈美が口にしたのを思い出し、「おい、太陽リースの社長をゴルフに誘ったらどうだろう」と言ったのだった。

「いや、ふと思っただけだ。青白い顔をしていたので、元気づけてやりたい気になってね」

「佐藤を思う君の気持ちはわからないでもない。ただ時期がね。それに、ゴルフをやったら元気が出るような状況ではないよ」

「そうだな。彼は、運が悪かったのかな」

西郷はふと佐藤の青白い顔を思い浮かべぽつりと独り言を言った。

「ゴルフの話はともかく、仕事のことだ。どこかおかしいのだ。どうも動く気配が見えないのだ」

川上は目を吊り上げ、怒ったような言い方をする。

「何のことだ」

太陽リースに関連したことだと予測はつくが、西郷から言い出すのは憚れた。

「太陽リースの整理だよ。非上場とはいえ規模も大きい。毎日営業しており訪ねてくるお客もある。そこで働いている人だっている。整理するとなれば、内々にきちっと段取りして進める必要がある」

「社長の考えは固まっていると思うが」

「それはわかっている。問題は、いつゴーサインを出すかだ。その動きがはっきりしないと、いくら考えたってどうにもならん」

川上は腕を組み、唇を引き締めている。

「タイミングを見ているのではないか。いつ、どうしたら会社のためにいちばん良いか、真剣に考える。そして決断したら、一気呵成に事を運ぶ、と社長は言っていたが」

寿司屋で目にした社長の厳しい表情が思い出された。

「直に聞いたのか」

「それが経営だ、と言っていた」

「二か月以内に整理する案をつくれと、指示したのは社長だ。あれからもう半月発つ。経済は生き物だ。会社の内容は悪くなるばかりだ。まごまごしていると、整理案の見直しを迫られる。そんなことはわかっているはずなのに、何が問題なのだ」

「君が社長に会って直接聞いてみてはどうだ。すぐに決断できない事情があるのかもしれない」

「そりゃ、簡単にはいかないだろう。しかし、それをやるのが経営者だ。その決断ができないようでは困る。よし、君と一緒に社長の所へ行こう」

「私は社長を補佐する立場にあるが、こちらから動くのはどうかな」

「今さら、何を言う。海外へ調査に行き早く整理すべきだと社長の決断を促したのは君ではないか」

川上は、西郷を睨みつけた。

「それは違う。米国の動きを調査して来いと言われて出かけたが、あれは街を歩いて肌で感じた雰囲気を述べただけで調査といえるほどのものではない」

西郷はむきになっていた。川上の言うことがわからないわけではなかったが、なぜか、自分から動く気持ちになれなかった。社長がもう放っておけないと言ったことが思い出される。すると、佐藤の青白い顔が目前に浮かんだ。

「ところで、今朝の用件は何だね」

西郷は突然、ぶっきらぼうに言った。川上が訪ねて来た用件は改めて聞くまでもなかったが、気が立ってきた。

「もうわかったよ。君がどこまでやる気があるかがね」

「そう決めつけられるのは不愉快だ」

西郷が不機嫌な顔をすると、川上は煮え切らない表情のまま席を立った。そのあとについて喫茶店を出て調査室に戻り、部屋のドアを開けようとしたとき電話のベルが鳴った。

「社長がお呼びです」

芳江が受話器を手にしたまま大きな声で言う。

「すぐ行くと言ってくれ」

と、ドアの取っ手を握ったまま答え、そのまま部屋へ入らず出かけようとして振り返り、

「財務部長にしばらく席にいてほしいと伝えてくれ」と言い残し、社長室へ向かった。用件は川上が知りたいことだと直感したのだった。

西郷は隣接した秘書室を経ず、いつものように廊下から直接、社長室に入り「西郷です」と声をかけた。社長は机の上に広げた経済誌に目を落としていたが、読んでいる様子はな

く、すぐに顔を上げ縦に振った。それは近くに寄れという仕種であった。

「銀行の頭取からも言ってきている。リース会社の佐藤社長がわれわれの言うとおりに動かないのだ。少し待ってくれ、と言う。何があるのか、君に調べてもらいたい。佐藤君が青くなっていたと、先日、君から聞いたが、佐藤君はすべてを知っているはずだ」

それだけ言うと、社長は口をつぐんで西郷を見た。

「わかりました。佐藤社長に聞いてみましょう。先ほど財務部長がこの件で気を揉んでいました。一度社長にお話を伺いたいそうです」

「うん、あいつも真面目な男だ」

「今、財務部長をここへ呼んではいけませんか」

「君から話せばいいだろう」

「社長から話してください。お願いです。今後のこともあります」

「わかった。電話せよ」

社長は、目の前の電話を顎で示した。西郷は頷いて受話器を手に取った。

「西郷です。すぐに社長室に来てください。話があるそうです」

しばらくすると、川上が緊張した表情で入ってきた。急いで来たのか息が上がっている。

社長とソファーで待っていた西郷は、席を立って隣に座るよう勧める。

「今、西郷君から聞いた。君が心配しているように、リース会社の整理は当初思ったようには進んでいない。私が人選したわけではないが、佐藤君を社長にしたのは間違いだったのかもしれない。彼は審査のプロだ。それに真面目な男だ。人間として問題はないと思うのだが、そういう人が問題を抱えた会社の経営者としてふさわしいかというと、必ずしもそうとはいえない。清濁呑み込む度量があってほしいのだが、彼は王道に沿ってことを進めたいとか言ってその気はないようだ。といって今、佐藤君に横になられては前に進まない。それで、西郷君にも知恵を出すよう頼んだところだ。君にも協力してもらいたい。うん、他に何か私に聞きたいこと、言いたいことがあるのか。あれば、何なりと言いたまえ」

「わかりました」

川上は、姿勢を正し緊張したまま頭を下げた。

「よし」

社長は、さっと席を立った。つられるように西郷と川上も立ち、黙礼してそのまま社長室を出た。

「何か、もっと聞きたいことがあったのではないか」

廊下へ出ると、西郷は川上を問い詰めるように聞いた。

「佐藤をリース会社の社長にしたのは間違いだったと言ったね。佐藤が横になったら進まないと言った。佐藤は何かはっきりした理由があって反発しているのかな。もしそうだとすると、大問題だ。何が王道だ、今になってそんなことを言っている場合ではないよ。明らかに反乱ではないか」

川上は興奮した口ぶりで言う。

「反乱か」

「感心している場合ではないぞ。それで、君は社長に何を頼まれたのだ」

川上はその場に立ち停まったまま、西郷の顔をじっと見て動こうとしない。

「まあ、そうかっかするな。佐藤がどうして待ってくれといっているのか、調べてくれといわれた。仕事とはいえ、あの青白い佐藤の顔を見ると、聞きづらいものがある。一緒にゴルフをして元気づけてやりたいと思ったくらいだからな」

「待ってくれと。何だ、それは。そんなの認めてはだめだよ。子会社じゃないか。何があっても言うとおりにやらせるしかないよ」

川上は、「今さら何だ」と怒っている。

「そう簡単ではないのだろう。単なる反乱なら怒鳴りつければいい。そうできない事情があるから困っているのではないか。人選を誤ったとか、王道だとか、この時期になって変だよ。よくわからないが、別のことがあるのではないかな」

西郷は川上をいさめるような言い方をした。

「うーん」

川上は腕を組んで黙った。

「まあ、こんなところで立ち話をしていてもしょうがない」

西郷は先に歩き出した。その背に川上が言った。

「時間がないぞ」

調査室に戻ると、小川がすぐにコーヒーを入れてくれる。一息入れたところで西郷はおもむろに受話器を手にした。太陽リース社長の佐藤に一刻も早く会わなければいけないと思い、とりあえず電話で面談を申し込むことにした。佐藤はすぐ出た。今日の午後にもお目にかかってお話を伺いたいと告げる。

「電話ではいけないでしょうか。このところ、私は誰にも会いたくないのです。直通電話はないですか。番号を教えてください。折り返しこちらからかけます」

佐藤は体調がすぐれないのか、それとも緊張しているのかときどき震え声で話す。もしかすると何かにおびえているのではないかと西郷は思った。

「この電話は交換を通さない直通電話です。番号は〇〇〇。近くには誰もいません。お待ちしています」

「席をはずしましょうか」

芳江が顔を上げて言う。

「そうだな。十分くらいで終わる」

「わかりました。小川さん、少し早いけれど、食事に行きましょう」

黙って頷くと、芳江は小川を誘って部屋を出て行った。

しばらくすると佐藤から電話が入った。

「先ほどは失礼しました。このところ、私の行動が誰かに監視されているような気がしまして。それに社員も何かあるのではないかと気をもんでいるようで」

「それは大変ですね。何かお手伝いしたい気がしますが」

「いや、それには及びません。会いたいとは、私に何か問いただしたいことでもあるのですか」

佐藤は言葉を選んで話す。冷静な対応に西郷は戸惑った。

「はい、電話で話すのはどうかと思いますが、先日、お目にかかったときお話ししましたように、私の今の仕事は社長の補佐です。それで、うん、何か社長か銀行のほうから言われていることはありませんか」

西郷は、話しながら要領の得ないことを口にしていると思った。案の定、佐藤が切り返してきた。

「何のことですか。あなたは社長から何か私に聞くように言われているのですか。野村社長とは三日前に会って私の考えを述べてあります。それでご了解されたものと思ったのですが、西郷さんが社長から指示されたといって電話されるようでは、私の認識不足だったかもしれませんね」

「認識不足なのは社長のほうなのかもしれません。私も社長が佐藤さんの気持ちをわかっているとは思えませんからね。もっとも、私もそうかもしれませんが、ただ、佐藤さんが大変な決断を迫られていることはわかっています。そのうえでお話しするのです。佐藤さんが社長として意を決してやらなければいけないことがある。それも、変化の激しい時だから、タイミングを逸しないでやる必要があるのではないですか。その辺のことは、現場の指揮官である佐藤さんがいちばんよくわかっておられることでしょうが」

西郷も言葉を選んで、何とか佐藤の心証を悪くしないように気を遣いながら話した。そのうち、徐々に佐藤と呼吸が合う感じになってきた。

「現場の指揮官ね。そう、私は雇われた現場の指揮官だから命令どおりに事を運んだらよい。考えるのはあなたたち参謀ということかもしれません。しかし、現場でしかわからないこともあります。その辺の事情を先日社長に申し上げたのですが、なかなか理解してもらえなくて……。銀行の秋山常務に至っては聞こうともしない」

「秋山常務――。秋山常務とは、何か関係があるのですか」

「銀行の企画担当ですよ。私に、この会社の社長になれと言ったのは彼です。彼はいつも頭取の全面的な信頼を得ているような顔をして、私の今の立場などまったく眼中にない」

秋山の名前を耳にしたとたん西郷は訳もなく不快な気分に襲われた。秋山は西郷の長いサラリーマン生活の中で最も嫌いなタイプで、顔を合わせたくない男であった。同期の中でいち早く役員になり、いま企画担当として頭取のブレーンになっていることは知っていた。しかし、そんなことは自分と何ら関係ないと思っていた。

「秋山が何か言ってきているのですか」

「秋山」と西郷が名前を呼び捨てにしたのを受けて、佐藤の口調が微妙に変わった。

「西郷さんは、秋山常務と同期でしたね。彼の性格、仕事のやり口を知っておられるでしょう。今頭取と話したのだがと決まって前置きして、こちらが構えたところをすかさずたたみかけるように話してくる。相手の気持ちなどまったく意に介さない。嫌な奴ですよ」

「うーん」

西郷は佐藤の怒りが直に伝わってくるような気がしてきた。秋山が何を言ったか、その内容もさることながら、それ以上にやり口が気に入らないという佐藤の訴えが理解できた。

西郷にはいまだに忘れられない嫌な出来事があったからだ。

それは、三十二、三年前のことになる。西郷が銀行に入って間もないころ、秘書室に配属になった新人の女性秘書を巡って西郷と秋山が鞘当てを演じた。強引な秋山のやり口に業を煮やして西郷が引いた直後に、秋山は専務の娘と見合いして結婚した。西郷は腹を立て、秋山とは二度と口をきくまいと思った。しばらくして落ち込んだ秘書を慰めることになり、そのまま結婚したのが奈美だった。秋山は西郷にとって許せない男であった。

「西郷さん、私は太陽リース会社の社長に就任したその日、全社員を前に言ったのです。会社は非常に厳しい状況にあると聞いているが、皆さんの協力を得て再建に努力したいと。それから二か月も経っていませんよ。社員の中には銀行時代の部下もいる。仲人をした青年もいます。社長らしいことを何ひとつせず、また何の努力もしないで、もう会社を潰すから悪く思わないでくれ、なんて言えますか。私にも意地がありますよ」

佐藤は一段と声を張り上げ怒りを露わにした。西郷は何か重いものを無理やりに飲まされた感じで、急に胃が痛くなった。黙っていると佐藤はさらに続けた。

「環境が急に変わったと言え、金融庁の名前を使ってもよい、などと子どもを脅すような喋り方で言ってくるのです。冗談ではないですよ。そんなに急ぐなら、私を首にして自分でやったらいいではないですか。このままでは困ることがあるからで、全くひどいですよ」

鬱憤をぶちまける佐藤の口ぶりに、西郷は返す言葉がなかった。そして、「このままでは困ることがあるからで」と、最後に口にした言葉が気になった。

「佐藤さん、お気持ちはわかります。いつか、ゆったりした気分で温泉でも行きましょうよ」

小さい声でなだめ語りかけるように言った。それは西郷の本心であった。どうしてか西郷も無性に腹が立ってきた。人の気持ちを無視した秋山のあこぎな遣り口がよくわかる気がした。また昔の恋敵を思い出したからかもしれなかった。

「人生に一度でよいから、そんなゆったりした気分を味わいたいものですね」

電話の向こうで、佐藤の声が一段と低く聞こえた。

「佐藤さん――。元気を出しましょう。佐藤さん」

西郷は大声で叫ぶように話しかけた。カチッと電話の切れる音がした。西郷は受話器を手にしたままその場に立ち尽くしていた。

「室長、もう十二時を回っていますよ」

いつの間に戻ったのか、後ろに芳江が一人立っていた。

「食事は終わったの」

「はい、早めに食べさせていただきました。室長はどうなさいますか」

「誰かいないかな。そうだ。二人で喫茶店でも行くか。うん、静かな温泉でも行きたいね」

「どうかなさったのですか」

芳江がじっと西郷を見上げるようにして言う。西郷は軽く笑った。

「いや、何でもない。さあ、美味しいコーヒーを飲みに行こう」

西郷は芳江を促して部屋を出ようとした。

「室長、お疲れのようですわ。私、いつでも温泉にお伴いたします。連れて行ってください」

芳江が潤んだ目で西郷を見上げた。

その夜、西郷は山中と飲んだ。山中に会食が入っていたため、九時過ぎに銀座のいつものバーで会った。

「どうした。疲れているな。渦に巻き込まれたのではないか」

山中は西郷の肩を叩きながら言う。

「渦になあ……そうかもしれない。悪い奴と戦いたくなった」

「それは危険な兆候だぞ。火中の栗を拾うようなことはするな」

「あいつは許せない」

語尾に力がこもっていた。西郷は飲みかけのウイスキーのグラスを握りしめていた。

「おいおい、どうしたのだ。穏やかでないな。喧嘩でもしたのか。まさか社長とやりあったのではないだろうな」

「それはない。腹を立てているのは三十年前の男だ。いま銀行の常務をしている。まあ、そのうち社長とそうなるかもしれないが――」

と言ったあと、いつの日か本当に社長と対立する場面があるような気がしていた。

「昔の男か。この年になってカッカするのは良くないよ。それにしても、君がそんな真剣な顔で怒りをぶちまけるのは珍しい。何だ、その男は昔の恋敵か」

山中は上半身をそらし、目を細めて西郷の横顔をしげしげと眺めている。

「奈美を傷つけた男には違いないが、恋敵ではない。二度と思い出さないつもりでいて、もうすっかり忘れていた。それが、秋山という名前を聞いただけで急にそいつの顔が目の前に浮かび、虫唾が走った」

「そういえば、君が奈美さんと結婚するとき同情したとか言っていたな。あのときは君が照れているのだと思ったが……。そのあとすぐ、うれしそうな顔をして奈美さんは銀行一の美人だと言っていたではないか」

「奈美に最初に会ったころは、溌溂として物怖じしない明るい子だった。それが秋山の出現でおかしくなった。秋山は奈美を強引に俺から引き離した。そうしておいて、半年も経たないうちに専務の娘との結婚話が出るとぱっと捨ててしまった。ショックを受け落ち込んだ奈美を見たときぶん殴りたくなったものだ」

「そんなことがあったのか。うん、それにしても、まあ、今となっては古い話ではないか。奈美さんは今も美人で人柄もいいし、明るい。こう言っては何だが、君がこうしていられるのは奈美さんあってのことではないか」

「まあ、控えめでいつも俺を立ててくれる。文句を言ったことがない。それで腹が立ったことが一度ある。勝手な言い分かもしれないが、俺の浮気がばれたときで、血相変えて怒るかと思ったのにそうしなかった。ただ黙っていた」

「それは違うのではないか。俺にも覚えがある。家内は一度目のときカッとなってわめいたが、二度目は無視して何も言わず、それでよかったと思ったら一週間くらい口を利いてもらえなかった。女は感情の動物だ。そのときの状況で微妙に変わる。まあ、長い人生のうちにはいろんなことがあるさ。そう割り切るよりしかたないよ。うちの家内はよくやってくれていると心のうちで感謝している。口に出して言ったことはないがね」

山中はじっとテーブルのグラスを見つめ、しんみりと話した。

「奈美はよくやってくれていると感謝している。うん、秋山のことでは奈美の知らないことがあるのだが、いまごろになってかかわりが出てくるとはね」

酒の勢いもあって、西郷の怒りはなかなか治まらなかった。

「かかわりとは何のことだ」

「例のリース会社の社長が親会社の言うことを聞かないので調べろというから、今日、その社長と話したのだ。すると、銀行のやり方があくどいと怒っているのだ。裏があって悪いのは秋山だという」

「いつか君が言っていた証券と銀行でつくったリース会社の社長か。その会社はいずれ整理することになっていると、言っていたな」

「そうだ。不良貸し付けや飛ばしの受け皿となっていて、大変らしい。もう放っておけなくなったので、早く整理してしまえということになっている。その役目を負ったはずの社長が抵抗している。彼に言わせると、社長になったとき百人余りの社員を前に、みんなで頑張ろうと言った。それから二か月も経たないうちに、もう駄目だから会社を潰すなどと言えるかと怒っているのだ。だがそれは表向きで、どうも別の理由があるらしい。それが表沙汰になると困ることがあって、それをうまく処理するために整理を急いでいる。そのことに社長が気づいたようだ」

「うん、それで」

「表沙汰になると困ると事前に話して、納得のうえでよろしくやってくれと言えばよかったのに、ただ早くけりをつけろと迫るやり方がひどいと怒っているわけだ。その張本人が秋山だという。秋山と聞いて、あの男ならやりそうなことだとすぐに思った。すると、無性に腹が立ってきた」

「秋山とかは、いま何をしている」

「企画担当の常務で、頭取の懐刀とかいわれている。何ごとにつけ頭取の名前を語って、高圧的なものの言い方をする。昔からそうだった」

話して気が収まったのか、西郷の呼吸も落ち着いてきた。

「それは、表沙汰になっては困ることだから口に出して言えなかったのだろう。どこの会社にもそんな男はいるものだ。そんな男に限って、とんとんと出世して社長になることがあるから常識ある社員は戸惑うのだが、秋山とかも本当に銀行のためを考えて言いにくいことを言っているのかもしれない。それで、君はリース会社の社長に同情しているわけだ」

「そうだ。彼が社長になるまで付き合いはなかったが、この間、一度会って真面目で嘘をつくような人間ではないとわかった。今日も会って話そうとしたのだが、電話にしてくれと言われた。精神的にかなり参っている感じでかすれた声を聞いていて気の毒になった」

「うん、君の気持ちもわからんでもないが、どうも感情的になり過ぎているな。秋山という名前を聞いていきなり激昂したというのは普通でない。それは偶然で、秋山の名を頭取とか社長に置き換えて考えたらどうだ。どこの会社だって、追いつめられたらそれくらいのことを考えるものだ。悪い奴ほど誰かを犠牲にして生き残ろうとする。リース会社の社長は何かの証拠をつかんだのかもしれないが、ムキになり過ぎている感じだ。同じ抵抗するにしても、ただ反対するのではなく、つかんだ証拠を盾に頭取や社長を脅すことだってできる。それくらいのしぶとさがあってほしい。とはいっても親会社に盾突くことは大変なことで、なかなかできないものだけどね」

西郷は無言のままじっと考え込んでいた。山中の諭すような言い方は評論家の分析のようで納得できなかった。

「商社も何か不都合なことがあるといろんなことをするよ。為替の変動などで思わぬ赤字が出たときなど、損失を含んだ取引をそっくり子会社に移したり、その子会社を別の内容のいい子会社と合併させることだってやる。限られた関係者しかわからないところで操作してしまうのだ。そのことで割を食う人も出てくる。その人は運が悪かったのだな」

「運が悪かったか――。そういうことになるのか――」

西郷は大きなため息をつき、右手を首の後ろに回してもみながら「あなたは運のいい人だ」と言った佐藤の言葉を思い出していた。

「ともかく、今の君は疲れて見える。今晩は遅いが、サウナへでも行ってマッサージをしてもらうとよい。それとも、二、三日休みをとって温泉でも行ったらどうだ。奈美さんと一緒に行ったらよい。そうしろよ」

「温泉に行くか……」

　西郷はふと、「温泉に連れて行ってください」と胸のうちを明かした芳江の顔を思い浮かべていた。

「気分転換には旅行するのがいちばんだ。海外にいたときはよくドライブに出かけた。一泊旅行もよくした。そうすることで嫌なことを忘れ、行き詰まった仕事の打開策を図ったものだ。そうした忙しい日々からようやく解放され、心も落ち着いてきたので、これからは家内とのんびり国内の温泉めぐりでもしようと思っている。どうだい。君のところと一緒に出掛けないか。車で行くときはうちの家内に任せればよい。運転技術は抜群だ」

「うん、そうなりたいものだね。とりあえず、二、三日休みを取りたいと社長に言ってみるか」

「何だ。二、三日の休みを社長に言うのか」

「実際の室長は社長だ。しかし、このところいろいろあるからな。いつ何が起こるかわからないのだ」

「何だ、もう、すっかり渦に巻き込まれてしまったようなことを言うではないか。それはよくないよ。仕事をするときはする。休むときは休む。この間、のんびりやると話していたではないか」

「うん、知らないうちに渦に巻き込まれてしまったのかな」

西郷は、つぶやくように言った。

「寝ぼけたようなことを口にしてはいけない。そうだ。前々から話しているゴルフをやろう。日を決めておこうか。来月の月末の土曜日はどうだ。一か月もあれば奥さんの練習もできる。いいな、決めたぞ」


午前九時――。調査室のドアを開けると、入り口脇のソファーからすっと立ち上がる者がいた。財務部長の川上で、緊張した顔をしている。

「調査室の出勤はゆっくりだな」

「定刻だと言ってくれ。朝からどうしたのだ」

「まだ、A新聞を見ていないようだな」

川上は、手にした四つ折りの新聞を西郷の前に差し出す。西郷がそれを受け取り、ソファーに座ろうとすると、芳江がそっと近づいて言った。

「社長が、出社したらすぐに来てほしいとのことです」

「わかった」

「それを読んでから行ったほうがいい」

と、川上が言う。

「何が書いてある。それでどうしたというのだ」

「見出しのとおりだ。飛ばしの疑いで大手銀行に東京地検の捜査が入るという。銀行の名前は載っていないが、うちの銀行も調べられるかもしれない」

「うちは銀行ではないぞ。いったい何を慌てている」

西郷は座って新聞の見出しに目を落とした。内容は新聞を読まなくても大方の見当はつく。

「太陽リースだ。銀行の飛ばしの受け皿になっていた」

「リース会社の社長も調べられるのか」

太陽リースと聞いて、西郷はすぐ佐藤社長の青白い顔を思い浮かべた。

「場合によっては参考人として呼ばれ、裏を取られるかもしれない。その前に銀行がガタガタしだしたら、うちの経営は健全だといっても系列で、リース会社の親会社だ。銀うちの社長が危ない」

早口でしゃべる川上の顔が引きつっている。その後ろで、芳江が時々時計を見ては気を揉んでいる。「早く社長の所へ行け」とその目が言っている。

「わかった。社長の所へ顔を出してくる。君は部屋にいてくれ。帰りに寄るよ」

立ち上がりながら西郷は川上に答えた。

「そりゃまずい。周りの者が緊張する。連絡をくれ。すぐに行くから」

西郷はそれに答えず社長室へ向かった。芳江がすぐに電話をとり、社長秘書に連絡している。

第五章　言われたとおりにやれ

「佐藤社長に会われましたか」

社長室に入るなり、野村社長は立ち上がって西郷を睨みつけるように厳しい目を向けた。

「いや、会いたいと連絡しましたら、電話にしてくださいと断られまして、直通電話で話しました」

「電話では、話は通じなかったでしょう。なぜ断られたのですか。けしからんな」

「前に会って話し合っているので、電話でも充分に意を尽くせました。佐藤さんは精神的に参っておられて、話しているうちに気の毒になりました」

「それで——」

「一生懸命取り組んでいると繰り返しておられましたが、すぐに進展するということではありませんでした。なんでも、銀行の秋山常務のやり口が一方的でひど過ぎると怒っておられました」

西郷は言葉を選んで淡々と述べたが、それが社長の満足する内容になっていないことは、社長の顔にはっきり読み取れた。

「つべこべいわずにすぐ行動に移してくれなくては困るのです。今の佐藤君はどうかしている。まったく状況がわかっていない」

首を横にして吐き出すように言うと、その顔を西郷に向けた。

「電話ではなく、会社へ行って直接話してもらわないといけない。まず、午後に銀行の秋山常務の所へ行って、今、私に話されたことをそのまま述べてください。そうしたら何か言われるだろうから、あとから私に聞かせてください。よろしく頼みますよ」

それだけ言うと、社長はぷいと顔をそらした。西郷は黙礼して社長室を出た。十分足らずの短い時間で、西郷は立ったままだった。

調査室に戻ると、ソファーに座っていた二人の男がさっと立ち上がった。鈴木人事部長が新しく決まった課長を連れてきたのだった。

「待望の課長だ。飯田という」

「飯田勝久です。よろしくお願いします」

深く腰を折って丁寧にお辞儀する。髪を七三に分け、金縁の眼鏡をかけた、見るからに銀行マンタイプの顔をしている。西郷は軽く頷くと、そのまま二人の前に座ろうとした。とそのとき、西郷の机の電話が鳴った。財務部長からであった。玄関先で待っているから、すぐに食事に出ようという。五分後にしてくれと言って、そのままソファーに戻る。

「忙しいようだからかいつまんで話すが、銀行からの出向者だ。こちらへは来週の月曜日からにする。履歴書は本人が持っているのをあとから君の机の上に置いておこう。そのうちゆっくり話す」

人事部長はすぐに立ち上がった。飯田も慌てて立ち上がりながら、笑顔で言う。

「西山副社長がよろしくとのことでした。近く一緒に歓迎会をやってくださるそうです」

「そうでしたか」

西郷は素っ気なく答えた。人事部長はそんな飯田を急かせて部屋を出るよう促した。それを見て、西郷がとってつけたように言った。

「疲れたから、二、三日休みを取って、温泉にでも行ってこようと思うが」

「それは、社長に言ってくれ」

人事部長は振り返り、にやっと笑って出て行った。

玄関先に出ると、財務部長は停まったタクシーの中から手を振っている。

「社長はどうだった」

タクシーが走り出すと、財務部長はすぐに口を開いた。

「うん、驚くようなことはなかった。向こうに着いてから話すが、何だか疲れたよ。もう渦に巻き込まれたような気分だ」

「これから渦が大きくなるぞ」

「驚かすではないよ。こんな役回りはもう御免こうむりたいな」

「今さら何を言う。乗りかかった船だ」

「それじゃ、運が良かったとはいえないな」

「運なんて、すべてが終わってみないとわからんよ」

「そうかな」

西郷も何となく納得するものがあった。

寿司屋の奥の部屋が予約してあった。

「さあ、一杯飲むか。今となっては考え込んでも始まらない。ただ、やるべきことはきちっとやらないといけないだろう。それにしても朝一番に社長に呼ばれるとは、お役ご苦労さま」

部屋に入ると財務部長はすぐに膝を崩し、ビールを注文した。

「ぐっと飲みたいところだが、これから銀行の秋山の所へ行けと言われている」

「えっ、秋山――秋山常務の所へか」

「佐藤社長と話したことをそのまま伝えよ、との仰せだ。特段の話はないから、秋山のご意向を伺ってこいということだろう。秋山には会いたくないが、社長の指示とあればやむを得ない」

西郷は、顔を顰め苦虫を噛み潰したように言う。

「大本営に伺いをたてに行くようなものだな。秋山常務が直接聞かせてくれと言っているのだろう。彼の言いそうなことだ。社長も頭取ならともかく常務と話すのは気が引けるのだろう。そりゃあ大変だ。気苦労のほど同情いたす」

「同情か。気休めにもならんが、まあ、他に話のわかってくれる者がいないから、よしとしよう」

「それで、佐藤社長は、どう言っているのだ」

「すっかり精神的に参っている。秋山のやり方がひどいと怒っている。反発するだけの何かを握っている感じもするが、そんなに急いで会社を潰したいのなら私を首にして、秋山がやればいいではないか、とまで言っていた」

「秋山と呼び捨てにしてか」

「いや、呼び捨てにしているのは私だ。秋山には生涯許せないことがある。秋山の名前を聞いて、昨日のことのように思い出した」

「そりゃあまずいな。仕事に個人的感情を持ち込んではいけない」

「名前を聞いただけで虫唾が走った。顔も見たくない」

「おい、大事なときだ。どんなことがあったか知らんが、仕事は仕事として割り切ってやってもらいたい」

「それはわかっている」


西郷は、東京駅に近い丸の内の中通りを日比谷方面に向かってゆっくり歩いた。この通りを歩くのは久しぶりだった。超高層に新しく建て替えられたビルが目をひくが、もとより歩きなれた通りである。あちこちの眺めに馴染みがあり、しばらくすると若いころの思い出が次々とよみがえる。銀行に入って三年目、支店の営業部から本店総務部に配属になったころ、昼休みに銀行を飛び出し、この通りをよく歩いた。秘書課にいた奈美と知り合い、一緒に食事を楽しんだのはそのころであった。

歩道脇の芝生に植えられた赤い草花の鮮やかな色が目につく。ビルの角に立つブロンズ像が午後の明るい日差しを照り返している。西郷はブロンズ像の向こうに銀行の本店を眺め、足を止めた。十年前に三十階の高層ビルに建て替えた本店は、中通りの外れにひときわ高くそびえている。西郷がいたころの古い建物は十階建てで天井も低く廊下の照明も暗かった。五十歳を前に茅場町の証券会社に移ったため、新しい本店ビルを訪ねるのはまれで、役員室に顔を出すのは初めてであった。

秋山に会ったら最初に何と言ってやろうかと繰り返し考える。しかし、気の利いた言葉は思いつかず、足取りは重くなるばかりだった。

一階の受付で秘書に電話し、エレベーターで二十八階の役員階に上がると、電話に出た女性秘書が廊下で待っていた。案内された特別応接室はチーク材で内装した落ち着いた雰囲気の部屋で、壁際の飾り棚に大きな備前の壺があり、その上に東山魁夷の青い風景画が掛かっている。特別応接室に案内するのは頭取の客の中でも重要な客で、系列会社の部長を案内するのは不自然であった。西郷は窓際に寄って隣の低いビル越しに皇居の森を眺めながら、秋山が意図的に特別応接室をとったのではないか、と考えた。しばらくすると、お茶を運んできた秘書と入れ代りに秋山がすっと現れた。

「やあ、西郷君。久しぶりだ。元気なようだね。君のところの社長から西郷君を説明に行かせると電話があったとき、一瞬耳を疑ったよ。まさか、君がそんな役についているとは予想もしていなかったからね」

秋山は金縁の眼鏡に右手をあて、いっとき西郷を睨むように見て口元をほころばせた。それは笑顔ではなく久しぶりに見るつくり顔で、目下の者を見下した冷たい目付きをしている。

西郷は軽く頭を下げると、無言のまま秋山を見返した。

「さあ、どうぞ」

と、秋山は右手を突き出すように広げてお茶を勧める。西郷は、秋山の言い方が気に入らなかった。社長が訪ねて来るべきなのに君かと不満を述べているように受け取れた。秋山は目下の者に対したとき、いきなり相手の気の障ることを口にしてその出方を見る。こうした男には間髪をいれず反論するか、まったく関係のないことを言って無視したらよい。西郷は秋山が次いで何かを言おうとするのを遮った。

「私も驚いたよ。太陽リースの佐藤社長から、何かにつけ最初に頭取の名前を口にする嫌な奴がいて困ると聞いたが、それが昔会ったことのある秋山だとはにわかに信じられなかった。もっとも、昔のことはすっかり忘れてしまったがね」

秋山は西郷の不躾な振る舞いに、驚いたような顔をした。

「ほう、佐藤君がそのようなことを。野村社長からの報告にはなかったですな。午後に直接西郷君を行かせると言われたのはそのためか。それで、佐藤君は何と言っているのですか」

秋山は、深く腰掛けていたソファーから上半身を起こし、前屈みになって聞く。西郷は背筋を伸ばして左右の手をそれぞれ椅子の肘に乗せ、きちっと秋山に顔を向け対峙した。

「佐藤社長によると、自分の考えを含め言うべきことは野村社長にも秋山常務にも伝えてある。それをろくに聞こうともせずに、環境が変わったからすぐに会社の清算手続きに入れとはひどすぎる。二か月前に社長に就任したとき、再建に努力したいと社員を前に述べた私の立場はどうなるのか。そもそも、会社が存続したら困るような言い方をするのはなぜか。何の説明もない。そんなに急を要するなら、私を首にして自分でやったらよい、とのことです。一言付け加えると、佐藤社長は体調を崩されている」

「わかりました。それで、野村社長はあなたに何か指示されましたか」

「別に。秋山常務の所へ行って、佐藤社長に会った内容を報告してくださいと」

「そうでしたか。ご苦労様でした」

「それでは、これで」

西郷はすっと立ち上がった。

「まあ、そう急ぐことはないでしょう。それに、このままでは何ら問題の解決につながらない。社長があなたを私の所へ遣わしたのは、何らかの意図があってのことでしょう。このまま帰られたのでは私が会った意味がない。確か、太陽リースの社長にはあなたが就任するはずだったたですな。私も了承した人事だった。ところが、翌日になって、本人が辞退したから銀行から出してくれと言ってきた。随分といい加減なことだと思ったが、社長さんがおっしゃることだから特別の事情があってのことと考え、そのまま了承して、佐藤君を出すことにしたのです。佐藤君は指示に従っててきぱきと仕事を処理する有能な男と見ていたが、社長になった途端に人が変わった。会社の立場も考えずに勝手な判断をされては困るわけで、何事もこちらの指示どおりにきちっと事を運ぶように伝えてもらいたい。まあ、私はあなたに指示する立場にありませんが」

秋山は一気に喋った。黙って聞いていた西郷は何かを言おうとして、ぐっと言葉を呑み込んだ。ここで何か発言するのは、佐藤のためにならないと思うのだった。

「私は単なる社長の使いです。承ったことをそのまま社長に報告します」

「単なる社長の使いか。そう、佐藤君には単なる子会社の社長という認識が欠けている」

秋山は切り捨てるように言い放った。薄い唇を横に引いた秋山の顔を見ていると、西郷はむかむかして怒鳴り返したくなり唇を噛んだ。そんな西郷を見て秋山は口元を歪めて言った。

「あなたのような物分かりのいい人に社長になってもらえばよかったのにね。そうしたら、うまくいったと思いますね」

「さあ、どうでしょうかね」

西郷は一方的に立ち上がっていた。答える前に身体が動き出した感じで、そのままドアに向かって歩き出した。その背に秋山の声が飛んできた。

「奈美さんは元気ですか」

西郷は聞こえない振りをしてドアを開け、廊下に出ると足早にエレベーターに向かった。二十分足らずの面談だった。秘書が追いかけるようにして飛んできて、閉まりかけたエレベーターのボタンを押して乗り込んできた。

「失礼しました。何かあったのでしょうか」

西郷が応接室から一人で出てきたのを気にしたのか、軽く頭を下げ、控えめに聞く。三十歳前後の落ち着いた感じの秘書で、西郷に顔を向けた。西郷はどこかで会ったことがあるのかと思ったが、記憶になかった。一呼吸置いて答えた。

「別に、ありませんでした。ご苦労様」

「本日はありがとうございました」

よくできた秘書であった。西郷はほっとした気分で外に出た。

丸の内中通りに出ると、午後の遅い日差しを受けてブロンズ像が長い影を落としていた。時計は午後三時を回ったところで、会社の終業時刻までにまだ間があった。西郷は帰って社長に報告するかと思ったが、秋山と会ったあとのいらいらが残っており、その気になれなかった。

会社に電話すると、すぐ芳江が出た。

「お疲れ様でした」

その声に優しさがこもっていた。西郷は心の癒される思いがした。

「社に戻ろうと思ったが、やめにする。社長秘書に、体調が悪いので早めに帰った、明朝報告にあがると伝えてください。うん、一杯飲みたい気分だが、あなたは今晩空いていないか。もしよかったら」

「はい、承知しました。それで……」

「そうだな。パレスホテルの二階ロビーで待っている。定時の退社後に来てほしい。急がなくてもいいからね」

西郷が芳江を誘うのは初めてであった。

「常務が怒っておられましたか。無理もない。もう放っておけませんな。西郷さん、あなたは今日のうちに太陽リースに行って、佐藤社長に会い社長として清算人となるよう申し伝え、了承を得てきてください。そうだな、了承すると文書にしたためてきてほしい」

西郷の報告を黙って聞いていた野村社長は、厳しい顔のまま即座に言った。

「いいですか。もう言い分を聞かなくてもよい。説得して書かせることです」

鋭い目で西郷を見据えている。その顔に、もう後へは引かないという強い決意が読み取れる。とそのとき、西郷はふと「私の言うことを聞こうともしない」と佐藤が電話で不満を口にしたのを思い出した。

「しかし、佐藤社長の考えも――」

「それはもう聞いてあります。秋山常務が言うように、佐藤社長には自分の考えを通すような権限はもとよりない。そんな立場にないことは本人だってわかっているはずです。男の意地なら、これだけわれわれの気を揉ませたことで充分でしょう。もう限界です」

語気を荒らげ、吐き捨てるように言う。そしてまた西郷の顔をじっと見つめる。その表情は何かを訴えているようにも見える。西郷は「社長が直接指示されたら……」と言おうとしてやめた。

「承知しました」

小さくつぶやくように答えて頭を下げ、西郷は社長室を出ようとした。

と、その背中に怒鳴るような社長の声が響いた。

「いいですか。電話ではだめですよ」

その異常な声に西郷はいったん足を止めたが、社長の強い苛立ちと疑惑を感じ取りそのまま外に出た。西郷はエレベーターに乗らず、薄暗い裏の階段をゆっくり歩いて降りながら佐藤社長に会ってもうまくいかないだろう、という気持ちを強く抱いた。どん、どんと、鉄製の階段を踏む鈍い靴の音があたりに響く。佐藤社長の青白い顔が浮かんだ。

調査室のドアを開けると、ソファーでコーヒーを飲みながら新聞を広げていた川上がおり、いきなり問い詰めるように話しかけた。

「昨日は銀行で秋山常務と会ったあと会社へ戻らなかったようだな」

「そうだ。一刻を争うようなことではないと思ったからな。まあ、そう思わん人もあるようだが」

西郷は川上の前にどかっと座ると大きく息をついた。社長と厳しい対応をしてきた余韻が全身に重くのしかかっていた。

芳江がコーヒーを持ってきて西郷の前にそっと置いた。その右手の薬指にいつか西郷があげた翡翠の指輪が光った。それを見て西郷は、昨夜ホテルのバーで飲みホテルを出たところで初めてキスしたときの芳江の柔和な表情を思い出した。そっと芳江の顔を見る。芳江は冷静な振りをしてすぐ自分の席に戻ったが、西郷の視線を充分に意識しており、その優しい心遣いにほっとして、コーヒーをゆっくり飲む。

「ところで、清算人はその会社の社長がなることに決まっているのか」

「通常は社長がなる。言うまでもないが会社の存立にかかわる重要事項だからね」

川上は苦虫を噛みつぶしたような顔で答える。

「社長が嫌だと言ったらどうする。」

「代わりの人を立てることになるが、そんなことは滅多にない。そんな社長はいない」

「代わりの人を立てる――」

「そうだ。別の人を選んでやればよい。子会社だったら、会社の規模にもよるが大概は親会社の意のままにペーパーだけで処理できる。ただ、登記しなければいけないので時間がかかる」

「そういうことか」

「何だ、そんなことになるのか」

川上は身を乗り出し、声を荒らげて問い質すと、西郷に厳しい目を向けた。

「大きな声を出すな。一般論として聞いたまでだ。もっとも、このあいだ話したように佐藤社長は、私の首を切って秋山がやればよいと言ったが」

「佐藤社長も思い切ったことを言うね。それは大変なことだよ。秋山常務も太陽リースの役員に名前を連ねているから、清算人になってもおかしくはない。しかし、そんなことにはならないだろう。秋山常務は利口な人だから、自ら火中の栗を拾うような馬鹿な真似はしないと思うな」

「何を言う。秋山は利口な人だから、自ら火中の栗を拾うような馬鹿な真似はしない？あの男は狡賢いだけだ。そんな言い方をしては佐藤社長が可愛そうだ。ひど過ぎるぞ。別に肩をもつわけではないが、もしそうだったら、佐藤社長は本当に運が悪かったことになる」

秋山への憎しみに火がついた感じで、西郷はつい大声で怒りをぶちまけた。

「おいおい、そんなつもりで言ったのではない。仕事だよ。サラリーマンだったら、ときに嫌なことでも黙ってやらざるを得ないこともある。みんなそのように育てられてきている」

川上はうなだれた。

「まあ、君も疲れている。どこかで気を抜かないといかん。気分転換が必要だな」

「いや、俺はまだ若い。大丈夫だよ」

「そうだ。俺より若い」

「ところで、どうなったのだ。社長に、秋山常務と会って話した内容を報告したのだろう。まさか、秋山常務と喧嘩したのではないだろうな」

「それはなかった。喧嘩をする前に席を立った。秋山のことはもういい。社長は佐藤社長のところへ行って、黙って清算人になるように言え、清算人になるという承諾書を取ってこいというのだ。それも今日中にだ。午後に行ってくる」

「何——承諾書。佐藤社長が嫌だと言ったらどうする。うーん、それで君は苛立っているのがわかったよ」

「社長も秋山も、嫌でも佐藤社長を清算人にする腹積もりだ。佐藤社長がごねているのは、自らの立場がわかっていないからで、それを私にわからせよというのだ。それにしても、なぜか社長も秋山も苛立っている」

「佐藤社長が思うように動かないからか」

「動かない理由がわかっているからかもしれない。どうも普通でない」

「どういうことだ」

「もしかすると、表沙汰になっては困ることがあって急いでいる。何かをうやむやにしてしまおうと焦っているのではないか。どうもそんな感じだ。これは想像だよ。君だったら何か心当たりがあるのではないか」

「軽率に論ずることではないが……」

と言って、川上はじっと考え込むようにして黙った。

「もしそうだったら、どうする。それでも、あなたは黙って言われたとおりにすることだ、と説得するか」

「そうせよ、と言われたのだろう」

「そうだ。あれこれ考えずに言われたとおりにせよと言われているという点では、佐藤社長も私も同じだ。いいかい。清算人になりますと文書に書かせて持ってこいなんてひどい話だよ。初めから人を疑ってかかっているやり方だ」

「そこまで追い詰められているということにもなるが」

「いったい何なのだ。佐藤社長に代わって聞きたいね」

西郷は吐き捨てるように言った。

「君の気持ちはわかる」

「それじゃ、抵抗している佐藤社長の気持ちもわかるだろう」

「うん、佐藤社長には会っていないから、そこまでは……」

「まあ、いい。ともかく行ってくる。おい、昼飯をご馳走してくれ」

「よし、何でも好きなものを食べろ」

二人は、慌ただしく立ち上がった。二人とも疲れていた。芳江と小川が立ち上がって無言のまま頭を下げていた。

部屋を出た所で、西郷は「秋山は、会社のために、わかっていて、言いにくいことを言っているのではないか」といった山中の言葉を思い出した。そして、社長が怒っているのはそのせいなのか、と思ってみた。しかしどうしても納得できなかった。心に引っ掛かるものがあった。

タクシーに乗ると、川上が鰻を食べようと言い、西郷が黙って頷いた。

西郷は走るタクシーの中で目を閉じ芳江の顔を思い出していた。昨夜は食事のあと、浅草の高層ホテルのバーで飲んだ。仕事の話はひと言も口にしなかったが、芳江は西郷が仕事に疲れていることを知っていた。ただ二人でいることが西郷を癒した。ホテルを出たところで自然に向き合いキスをした。そのあと芳江は西郷を見上げ、目を潤ませて言った。

「呼んでくださって、うれしいわ」

これから芳江とどうかかわっていこうか。西郷は想いを深めた。

朝のうち晴れていたのが、午後になって急に雨となった。西郷は鰻屋の前で川上と別れ、一人タクシーに乗った。雨の降りが激しくなりフロントガラスを滝のように流れた。

太陽リースは日本橋に近い事務所ビルの四階にあった。西郷はそのビルの少し手前で降り、横殴りの雨を避けながら右手をかざして『太陽リース』の看板を見上げ、足を止めた。この看板を目にするのは初めてではないのに、どこか以前とは変わって見え、白地に青い文字のありふれた看板が、雨に濡れて重々しくのしかかってくるような圧迫感を覚えた。

「あれからまだ半年も経っていない」

激しく叩きつけるように降る雨が『太陽リース』の文字を洗い流すのを見詰めながら西郷はつぶやいた。すると、西郷の頭の中をこの数か月の出来事が渦を巻いて駆け抜けるのだった。

会社の規定により役職定年となる五十七歳の誕生日を前に、人事部長がその後の身の振り方を内々に相談に来たとき、西郷はろくに話を聞かず、「窓際でいい。少しのんびりしたい」と即座に答えたのがつい昨日のことのように思い出される。それは西郷の偽りのない本音でその気持ちは今も変わらない。

西郷は、太陽リースの看板にこの数か月の出来事を重ねて見ていた。あのころの自分はどこへ行ったのだろう。世界の遺跡を見て回りたい、考古学を学びたいと思ったのは何だったのか。一時の気の迷いだったのか。環境の変化から逃れようとしたに過ぎなかったのではないか。思い巡らしているといたたまれないような不安に襲われる。人生の大切なものを失いつつあるように思われた。

雨が止んだ。ふと西郷の目の前に真っ青な海が広がった。新宮の神倉神社の高台から眺めた紀州の青い海だった。それは一瞬で消えた。西郷は夢を見たような気がした。しかし、澄んだ空気を一杯に吸ったあとの清々しい気分になっていた。

「よし、今日は佐藤社長と夢を語ろう」

西郷は声に出して言った。佐藤社長に会ったら何を言おうかと思い悩んでいたことが、嘘のように消えていた。

第六章　社長が行方不明です

薄暗い廊下に面したドアを開けると、磨りガラスの衝立があり、その前の小さなカウンターの上に来客者が訪問を告げるベルが置いてあった。西郷がベルを押すと、衝立の奥から「はい」と返事がして、若い女性が飛び出してきた。

「西郷といいます。佐藤社長へお伝えください。近くへ来たので寄りましたと」

「はい、少々お待ちください」

社長へと聞いて、若い女性は表情を硬くしすぐに奥へ引っ込んだ。

しばらくして、白い髪の毛が薄くなった年輩の男性が緊張した顔で現れ、丁寧にお辞儀した。

「総務部長の田崎と申します。社長に御用と承りました。失礼ですが、どちらの西郷様でしょうか」

「いや、突然お訪ねして失礼ですが、佐藤社長に近くへ来たので寄ったとお伝え願えないでしょうか。先日、電話でお話しした西郷だと言ってください」

会社の仕事で来たのだから、会社の名前、肩書を名乗るべきであったが、それなら、事前に電話で予約して訪ねるのが礼儀であろう。そうしたことを始めからしていないのだから、多少あいまいになるのは、この際やむを得ないと思った。

総務部長と名乗った田崎は、じっと西郷を見詰めて言った。

「承知いたしました。失礼ですが、いましばらくお待ち願います」

もう一度、深く頭を下げて丁寧にお辞儀し、その場を離れた。

年相応にしっかりした男であった。もしかしたら銀行か証券会社に長年在籍していたのではないか、と西郷は思った。こうした真面目な社員を前に、社長としてある日突然に会社が倒産すると告げるのは辛いことだろうと思われた。

西郷は高輪のホテルで別れた佐藤社長の青白い顔を思い浮かべ、今日は明るく話しかけたいと考えていると、総務部長が緊張した表情でそわそわと戻ってきた。

「失礼いたしました。東西証券の西郷様ですね。こちらへお願いします」

「そうです。佐藤社長はご在席ではないのですか」

いきなり相手から名前を確認され、西郷はその場に立ったまま総務部長の顔を見つめた。そのぎこちない態度は不自然で何かの異変に出くわしたような嫌な予感がした。

「近くへ来たので寄ったのですが、突然で迷惑をかけました。またの機会にしましょう。そのときは前もって連絡してからお訪ねしましょう」

「いや、西郷様にぜひ申し上げたいことがございます。ここでは何ですので、向こうの部屋までご足労をお願いいたします」

総務部長はまた深く頭を下げる。西郷は黙って頷き、その後ろについて歩いた。

磨りガラスの衝立の中は大部屋の事務室で、窓側に向けて二列に並んだ机の固まりがいくつかあり、数十人の社員がそれぞれの席について仕事をしている。突然の来客に驚いたのか、立ち上がって西郷を振り返る者もいる。それにしても社内の雰囲気がおかしい、と西郷は肌に感じた。多くの社員がいるのに、活気がない。お通夜のような静けさが部屋を覆っていた。

奥の壁際の小部屋に案内すると、総務部長は入り口のドアを慎重に閉め、改めて西郷に挨拶し名刺を差し出した。

『取締役総務部長　田崎　一』

西郷も名刺を出した。細長いテーブルの両側に折りたたみ椅子が四つあるだけの殺風景な部屋であった。

「むさくるしいところで失礼いたします。実は、社長が昨日から出社されておりません。それで今朝方、私がご自宅にお電話申し上げたところ、一昨日の朝は通常通り出勤されたが、その日は帰宅されなかったとのことです。奥様の話では、一か月ほど前から、仕事が忙しいからと会社近くのホテルに泊まられることがときどきあったそうです。ただ、そのときは必ずその日のうちに泊まるからとの連絡があったのに、一昨日はなかったので変に思っていたとのことです。私どもといたしましては、ホテルに泊まられていたことも知らず、何の心当たりもありません。それで、いかがしたものかと朝から思案いたしていたところです」

「これまでに社長が会社を休まれたことは――」

「いえ、一度も。社長にご就任された日から八時には出社されていました。会社の始業時間は九時ですので、一般社員より一時間ほど早くお見えになります。それで、私と秘書は必ず八時前に出勤することにしています」

「それで、社長は、一昨日は何時まで会社におられたのですか。何か変わったことは――」

西郷は総務部長の顔を睨みつけて聞いた。嫌な予感が的中した感じで、つい取り調べ口調になっていた。総務部長は緊張して答える。

「平常通りで、何ら変わったことはありませんでした。社長室はきちんと片づいています。日ごろから几帳面なお方で、机の上が散らかっているようなことはありませんでした」

そこまで話すと、立ったままであることに気づき、

「あっ、失礼いたしました。お掛けください。どうも、気が立っていまして……」

「そうでしたか。先日、電話で話したとき、佐藤社長はお疲れのようすだったが……」

椅子に掛け改めて辺りを見ると、部屋は窓のない角の小部屋で取調室の感じであった。

西郷は総務部長の掛けたすぐ後ろの赤茶けた壁をじっと睨みながら、腕を組んだ。

「それで、実は今日にも御社に西郷さんをお訪ねして、ご相談申し上げたいと考えていた矢先でした。ご本人がお見えになったと聞いて驚いたわけです。社長が会社の話をされるとき、いつも頼りになるのは西郷さんだとおっしゃっていましたので……」

総務部長はようやく落ち着きを取り戻した感じで、肩を落とすとすがるような目で西郷を見ている。

「さて、どうしたものか」

西郷は腕を組んだまま天井を見上げた。ことは重大である。一刻も早く何らかの対応策をとらないといけないと思うが、まったく予想外の事態ですぐに考えもまとまらない。西

郷は改めて総務部長に厳しい目を向けた。

「この件について社内で知っている人は――」

「まだ、はっきりしたことではないので誰にも話していません。ただ、小さい会社のことですので、社員は何かあったのかと……」

総務部長は顔を曇らせる。

「社員に動揺を与えてはいけない。また、変な噂が流れても困る。軽率な動きや発言は慎んでほしい」

といって、西郷もどうしたらよいのか、すぐにいい知恵は浮かばなかった。ただ、青白い佐藤社長の顔が思い出され、気になった。

「まず、心当たりをよく調べることだが……」

「はい、思い当たる所は全部……いつも利用されているホテルにも確認いたしました」

「すると、少し遠出でもされたかな」

と独り言のように言った。西郷は自らの不安を打ち消したかった。時間が気になった。腕時計を見ると午後二時を回ったところであった。

「どういたしましょうか」

うなだれていた田崎が首だけを上げて聞く。西郷はしばらく黙っていた。

「まず、事実を正確に把握したいが……」

と言ってみたが、総務部長からそれ以上のことは聞けそうもなかった。夕方には社長に何らかのことを報告しなければいけない。西郷はまた腕時計を見た。そして椅子から立ち上がると、部屋の隅の電話に右手を伸ばし受話器をとった。会社に電話すると芳江が出た。

「お疲れ様です。少し前に西山副社長がお見えになり、西郷君はどこへ行ったかとお尋ねになりました。連絡がほしいとのことです」

「わかった。この電話を川上財務部長に回してください」

西山副社長が部屋へ訪ねて来たのは、何か急な用があってのことだろう。しばらく話していないが、用件は太陽リースに関連したことに間違いない。まさか佐藤社長の行方を知ってのことではないだろうと思っていると、川上が電話口にでた。

「どうした。秘書を通じてかけてくるとは」

「うん、電話では話しにくい。知恵を借りたいのだが、すぐに太陽リースへ来られないか」

「三十分もあれば行けるが、話をするだけだったら別の場所がいいのではないか」

「それでは、会社の手前の大通りに面した喫茶店、『香り』とかいったな。そこで二十分後に待っている」

電話を切ったあとも、西郷はしばらく立ったままで、慎重に事を運ぶ必要があると、独り言を言った。そんな西郷に向かって総務部長が問いかけた。

「それで、私のほうはどういたしましょうか」

「社に戻って、打ち合わせのあと連絡します。うん、そのうち何かわかるかもしれません。待機してください」

「はい、承知いたしました。お電話をお待ちいたします」

「本人から連絡があるかもしれない。何かあったらすぐ知らせてください」

西郷は混乱していた。佐藤社長から連絡があるとは思えなかった。西郷は足早に部屋を出た。あとを俯いた総務部長が続いた。大部屋の社員たちが無言のまま見送っているのが背中に感じられた。


西郷が喫茶店『香り』に着くと、追いかけるように川上が来た。

「どうした。いつになく慌てているが」

「太陽リースに行ってみたら、社長が昨日から行方不明だというのだ」

「何だと――」

川上は身を乗り出し、店内を見回した。西郷は右手を軽く前に出して川上を制すると、田崎総務部長から聞いた内容をかいつまんで話した。

「社長が行方不明とは――。それで、総務部長はどう対応しようとしているのだ」

「佐藤社長が、何かのとき頼りになるのは西郷さんだと言ったとかで、今日午後に俺の所へ相談に行こうと思っていた。そこへ俺が訪ねて行ったから、驚いたというわけだ。こっちも、『社長は行方不明です。どうしますか』といきなり聞かれてびっくりだ。何とも答えようがなかった。とりあえず、事を荒だてるなと言い残してきたが……」

「うーん、君は佐藤社長はどうしたと思う」

「一度会って話したときは、ずいぶんと落ち込んでいたが……」

「まさか自殺するようなことはないだろう」

「うん、社長や秋山の悪口を言っていたくらいだから、それは……」

「まあ、それで……」

「社長から、今日中に佐藤社長に会えと言われている。ありのまま、報告するか」

「うーん、ただ、会社に行ったら社長が行方不明でしたとは言えないだろう。だからどうしたとか、どうするとか、はっきり言う必要があるのではないか」

「そうだな。といっても……それと関係があるのかどうかわからないが、今日の午後、俺が太陽リースに行っている間に西山副社長が調査室に来て、どこへ行ったかと聞かれ、連絡せよと言われたそうだ。佐藤社長が西山副社長に連絡を取るとも思えないが」

「うーん、情報通の西山副社長のことだ。君が社長の使いで秋山常務に会ったことくらい知っているだろう。どこへ行ったのだと聞いたのは、何か急いで連絡を取りたいのかもしれない」

「西山副社長とはこの半年くらいの付き合いだ。まだ人柄もよくわからない。それに、社長とウマが合っているようにも見えない。連絡を取れば社長が言ったことも話さなければならないだろう。それに、佐藤社長の行方が知れないことも……」

「変に隠すのは良くないよ。しかし、西山副社長に先に報告したことが、あとから社長に知られるとまずいか……」

「社長のことだ。何だ、と言うかもしれない。このところ苛立っているからな」

西郷は口をへの字に結んで考え込んだ。苦虫を噛みつぶしたような社長の顔が目に浮かんでくるようだった。

「君の直接の上司は社長だが、関連会社の担当は西山副社長だ。この際、変に気を回さないほうがいい。まだ社長に報告する前ですが、と話す前に断っておくか」

「そうだな」

とそのとき、西郷は商社の山中が「とぼけるのを忘れるな」とアドバイスしたのが頭をよぎった。まず副社長と連絡を取って、何の用か聞いてみよう。臨機応変に事を運ぼうと心を決めた。川上も気持ちは同じだった。椅子の肘をポンと叩いて立ち上がった。

「さあ、会社に戻ろう。こんな所にいてもどうにもならん」

「ありがとう。君と話しているうちに何とかなるような気がしてきた。変に考えないで、思いついたことを着実にやるよ」

「それじゃ、君が先に帰ったほうがいい」

「夕方に連絡する」


会社に戻り調査室のドアを開けると、芳江がさっと立ち上がった。

「今、西山副社長から、まだ連絡がないのかと電話があったばかりです」

「うん、今から行ってこよう」

と言って机の上を見ると、そこに大型の郵便物が置いてあるのに気づいた。普段、見慣れない茶封筒に入った書留の速達便で、西郷の名前の脇に『親展』ときちっとした文字で記してある。裏の差出人は佐藤孝之と名前だけで、住所は書いてない。いずれも毛筆で、消印は成田空港であった。

「この速達便はいつ着いた？」

「はい、先ほど、お帰りになる十分ほど前に受付から連絡があって、私が受け取ってきたものです」

いつにない緊張した西郷の大きな声に、芳江は立ち上がって答えた。

普通の郵便物より分厚く、気のせいか重い感じがする。西郷は机の引き出しから鋏を出すと、丁寧に開封して中身を出した。とそのとき、机の上の電話のベルが鳴った。西郷は立ったままの芳江に顔を向け、黙ったまま首を横に振った。

「西郷室長席です。ただ今外出しております。はい、承知いたしました」

芳江は、丁寧に頭を下げて受話器を置いた。

「社長が、社に戻ったらすぐに来るように、とのことです」

成田空港から西郷宛てに投函された佐藤の速達便には、三通の封書が入っていた。

一通は西郷宛ての私信で、「厚かましいお願いであることを承知で、西郷さんにすべてを託します」と最初に書かれていた。二通目は封筒の表に『辞表　佐藤孝之』と楷書で認められ、社長人事の辞令を下した人に渡してほしいと別途お願い書きがあり、その宛名は秋山常務となっていた。

三通目は、扱いはすべて西郷さんのご判断に委ねるとの文書と、別紙『太陽リース会社の経理上の問題』と欄外に記され、数字の多い文字がびっしりと書かれた五枚の罫紙で、さらに詳しい資料とその裏付けとなる原本の写し等は銀行の貸金庫に保管してあるので、田崎総務部長と連絡のうえ確認されたい、とあった。

三通の文書は西郷が知りたいと思っていたことに答え、太陽リースの内情を明かすものであった。また、佐藤の考えと強い決意を明確に示すものであった。

佐藤は、「西郷さんの言葉に触発されて旅に出ることにしました。バンコクでしばらくのんびりしたあと上海に行き、態勢を整えて、長年夢見てきたシルクロードを歩くことにします」と、私信の中で語っている。

西郷は無言のまま手紙をじっくり読んだ。きちっとした文面で、一字一字に佐藤の真摯な性格が表れていた。ほんの一時であったが、時間の経つのも忘れ、部屋のざわめきにも気づかなかった。

「室長」

すぐそばで腰をかがめた芳江の声で振り返ると、その後ろに西山副社長が立っていた。

「えらく熱心に読んでいるね」

西郷は手紙を伏せて立ち上がった。

「いや、近くに用があって部屋の前を通ったので寄っただけだ。実は、こちらの課長になる飯田君が着任を前に一週間の休暇をとるとかで、人事に届けを出してあるが、君にお詫びを言っておいてくれと頼まれてね」

「それは構いません。さしあたって急いだ仕事もないし――」

西郷は軽く受け流したが、西山副社長がそのためにわざわざ顔を出したのでないことは、隙のない目付きではっきりしていた。

「まあ、君が忙しいのはわかっている。ところで昼前に社長と話したが、何でも……」

口を濁らせて、二人の女性の方を向いた。

「芳江さん、小川さんと一緒に買い物に行ってきてくれないか。いちばん新しい週刊誌を二、三読みたい。帰りに喫茶店に寄ってコーヒーを飲んでくるといい。三十分くらいで戻ってね」

「はい、承知いたしました」

芳江と小川はそそくさと部屋を出て行った。

西郷は右手を差し出し、入り口脇のソファーへ案内する。西山副社長は座るなりすぐに顔を上げ軽く頷いて、

「なかなか気の利く女性だね。ところで社長が言うには銀行の要請で太陽リースを早急に清算することに決めたとか。それで、その手続きを急ぐよう君に指示したと」

「はい、太陽リースの佐藤社長に会って清算人を引き受けるよう了承を取れと――」

「それで、本人はいいと言ったのか」

「それが――」

「どうした」

「本人がいないのです。今日の午後、太陽リースへ行ってみると、昨日から社長は出社せず、自宅にも帰っていない。行方不明だと総務部長が言うのです」

「何――どこへ行ったのだ」

西山副社長は、身を乗り出し詰問口調で西郷に迫った。西郷は身を後ろに引いて、じっと副社長を見据えて言った。

「わかりません。先ほど帰ってきたばかりで、まだ社長にも報告していないのですが、どう対応しようか考えていたところです。夕方までには何らかの方策を立てるつもりです」

「君、そりゃあ、大事件だぞ――。佐藤君は審査畑が長く、しっかりした男で、筋の通らないことは頭取の言うことでもきかないと聞いていたが、まさか――」

「私は一度会い、そのあとも電話で話して気心がわかっています。間違っても自殺されるようなことはないと思っています」

「うん、確信のあるようなことを言うが、何か心当たりでもあるのか」

「いや、今のところは……」

読んだばかりの手紙の内容を明かそうかと迷った。

「夕方までにと言ったな――」

西山副社長は、厳しい目で西郷を見つめ重い口調で言った。

「今日中には何らかの……」

「うーん、まあよい。佐藤社長の問題もあるが、君、わかっているだろうね。本件に関しては、私の考えは必ずしも社長と同じではない。銀行の山本常務とは一致している。周囲の動きを見極め、慎重に事を運ぶ必要がある。国の政策も流動的だ。君の立場もあるが、この際、社長の言われたとおりに動くことはやめてもらいたい」

厳しい口調であった。西山副社長の考えが社長と違うことはそれとなくわかっているつもりでいたが、本人からはっきり言われて西郷は身を固くした。副社長はそんな西郷を見据えてさらに踏み込んだことを口にした。

「佐藤君がどこへ行ったかはともかく、問題は彼がいなくなったからどうするということではない。そのことで変なことにならないように、事件は事件として処理したらよい。間違っても新聞沙汰にならないように気をつけることだ」

「はい、その点は充分に――」

「まあ、ご苦労なことだ。私の言わんとしていることはわかっとるね」

「はい」

「夕方に電話をくれないか。この際、私も知っておきたい」

「承知いたしました」

西山副社長はすっと立ち上がると、そのまま調査室を出て行った。西郷はしばらくその場に立ち尽くしていた。すぐにも何かをしなければいけないと思う。さて、何をどう対処するか。振り返ると、机の上に「西郷さんにすべてを託します」と書かれた佐藤の手紙が伏せたまま置いてある。机の前に立ち、手紙をじっと見つめていたがいい考えが浮かぶことはなかった。三通の封書を手に取って一度そのまま机の引き出しに仕舞ったがすぐに出し、その中から辞表だけを抜き取り上着の内ポケットに入れた。

と、そのとき電話のベルが鳴った。だれからか、一瞬、緊張して受話器を取る。財務部長の川上からであった。

「社長の所へ行ってきたか」

「まだだ。行こうとしたところへ西山副社長が突然訪ねてきて、今帰ったところだ。社長が何か言っても、言われるとおりに動くな、世の中の動きをよく見て判断しろ、とのご宣託だ」

「社長の指示どおりに動くな、か——厳しいね。そうは言われても君の立場もあるだろう。もっとも、君と副社長とは杯を交わした仲だったな」

「おい、冗談を言っているときではない――。少し前に佐藤社長からの手紙が着いた」

「何、手紙――。佐藤社長はどこにいるんだ」

「わからん。中に辞表が入っている。また、君に見てもらいたい数字の入った資料もある」

「何だと――」

「大きな声を上げるな。三十分ほどしたら、こっそり俺の部屋へ来てくれ。社長から呼ばれている。いつまでも居留守を使っているわけにはいかない」

「なぜだ」

「わかった。いいか、社長には数字の話は避けておいたほうがよいぞ」

「あとで話す」

「何だ、それは――」

「電話で話すことではない」

川上は、含みを残したまま電話を切った。西郷は釈然としないまま、受話器を置いた。数字の入った資料には財務部長が気に掛けている何かがあるのだろと考えているところへ、芳江と小川が戻ってきた。

「室長、アイスクリームを買ってきました。すぐ召し上がりますか」

芳江が紙包みを手に、笑顔で寄ってきた。西郷はほっとした。

「ありがとう。何か食べたいと思っていたところだ。コーヒーも入れてくれ。飲んだら社長のところへ顔を出してくる」

西郷はゆっくりとアイスクリームを食べた。いらいらしている社長の顔が目に浮かんできた。


《西郷さん、会社を辞めて旅に出ることにしました。シルクロードを歩くつもりです。あなたが古代遺跡に深い関心を抱き、世界遺産を見て回りたいと言われたとき、私はふと長安の都を思い浮かべていました。『国破れて山河あり』――、杜甫の詩に憧憬したのは高校生のころです。この歳になって心の充足を得たいという私の気持ちを、西郷さんならわかっていただけると思いました。

しかし、一般常識からしたら私の行動はどんなに無謀なことか。妻も娘も、話せば目を狐のようにして『何を考えているの、お父さん』と非難したでしょう。いわんや社員たち、世間一般の人はあきれることでしょう。

心に決めた後も迷いました。また、死についても考えました。そのとき、死は逃避で、周りに迷惑を掛けるだけで、何ら問題の解決につながらないことに気づきました。そして、同じ逃避ならいっそのこと旅に出て、姿をくらました方がよいと考えた次第です》

エレベーターの裏の鋼鉄の階段をゆっくり登りながら、西郷は手紙の内容を反芻していた。手紙は一回読んだだけだったが、最初の一行から最後の一字まで脳裏に焼きついていた。西郷は、旅に出ようと決心した佐藤の気持ちがわかるような気がした。

《私が居なくなることで会社の問題が表面化し、それがいい解決の方向に進展してほしい、と考えました。それは、自分が戦うことを試み、果たせなかったからです。勿論、私の行動は敵前逃亡、というより職場放棄で、無責任の誹りを免れないことを承知のうえで、西郷さんのご尽力に望みを託した私の勝手な振舞いをお許しください》

佐藤社長は証拠となる原本を貸金庫に入れ、その内容を明かした調査資料を一方的に送り付けて問題解決を西郷に託したまま、自分は体よく逃げたことになる。しかし、いまさら何を言っても始まらなかった。西郷は、佐藤の気持ちを理解してやろうと思った。

二十三階の社長室の前に行くと、入り口に社長秘書が突っ立っていた。秘書にありがちな、探るような目つきをしている。

「西郷さんはこのところお忙しいようですね。お出かけが多いのですか。社長が少し苛立っています」

「そうですか」

曖昧な返事をして社長室に入ると、机に向かっていた社長はすっと立ち上がって、ソファーのほうへゆっくり歩いてきた。何か考えごとをしていたのか黙ったまま座り、ひと呼吸して顔を上げた。

「遅れて申し訳ありません。ちょっとハプニングがありましたので……」

社長は口を閉じたまま西郷を見ている。引きつった顔の表情は、しばらく固定したままだった。西郷は言葉に詰まった。

「ハプニングだと」

「はい、佐藤社長を訪ねて太陽リースへ行くと留守で、総務部長が出てきて社長は行方不明だと申して——」

「何だと——」

社長はかっと目を開き、西郷に厳しい目を向けた。

「佐藤社長は、昨日から出社せず、また、家にも帰っておられないとのことです。このようなことは初めてのことだと、困惑していまして……」

「何の連絡もないのか」

「それが……」

「何だ、どうしたというのだ」

「少し前、会社に戻ったところ、私宛に書留速達が送られており、中に辞表が入っていました。辞令を受けた銀行の秋山常務に渡してほしいとのことです」

西郷は背広の内ポケットから、表に『辞表　佐藤孝之』と毛筆で書かれた封書を取り出し、社長に向けテーブルの上にそっと置いた。白い封書が浮き上がって、辞表の文字に存在感があった。

「いったいどうしたというのだ。本人はどこにいる」

「わかりません。私宛の手紙に、厚かましいお願いですがあとの処理を頼むと……。そして、本人は旅に出ますと書いてありました」

「馬鹿なことを仕出かすのではないだろうな」

「つい先ほど手紙を読んだばかりで、これから会社の総務部長や自宅に問い合わせますが、本人は相当考えたうえで決断された様子です。自ら命を絶つことも考えたがそれは逃避であり、周囲に迷惑をかけるので、同じ逃避でも旅に出ることにした、とありました」

「迷惑をかける、それで旅に出る。馬鹿なことを言うな。無責任もはなはだしい。多くの社員を抱えた会社の社長の取るべき行動とは思えない。全く理解できない」

吐き捨てるように言い放ち、口を固く閉じ西郷を睨みつける。

「西山副社長を呼びたまえ」

ガタンと音が響いた。西山副社長が社長室のドアを激しく押し開け慌ただしく入ってきた。社長の前に立ったままの西郷を見て、その場の状況を察し無言のまま社長の前にそっと腰を下ろした。すぐにテーブルの上に置いたままになっている佐藤の辞表に気付き、厳しい目で西郷を見返した。

「今朝ほど話したように、西郷君に太陽リースへ行き、佐藤社長がきちっと当面の措置をとるよう仕向けてほしいとお願いした。ところが会社へ行ってみると、佐藤君は行方知れず、会社へ戻ってきたところ、銀行の秋山常務に渡してほしいと、辞表が送られていたというのだ。とんでもない行動だ」

社長は、西郷に目もくれず一気に話す。

「佐藤君には、私も会ったことがある。いったいどうしたというのだ」

西山副社長は語気を荒らげ、首を大きく振って厳しい目を西郷に向けた。その目は、数分前に調査室で話したとき辞表の件に触れなかったのはなぜかと西郷へ問い質しているように見えた。

「数日前会ったとき、佐藤社長はかなり疲れておられました。手紙には、仕事を辞めて旅に出ることにしたので、迷惑をかけて申し訳ないがあとのことを頼むとありました。また、無責任と非難されることは承知のうえだとも……」

西郷は立ったまま、淡々と述べた。

「非難されるのは承知と……。何を言うか、社長にしたのが間違いだった。人を見る目がなかったことになる。今さら反省しても無駄だが」

社長はあからさまに怒りをぶちまけた。

「いなくなった男にかかわってもしようがない。あとをどうするかですな」

西山副社長がぶっきらぼうに言った。

「うん、佐藤君の処置は西郷君に任せる。マスコミに変に書かれないようにしてもらいたい。それに、あとを頼むと言われた中には家族のこともあるのだろう。それから、君が託された辞表はどうする。秋山常務に届けなければいけないであろう」

「はい、私が届けますか」

西郷は静かに話した。社長、副社長が口をそろえて佐藤社長を厳しく断罪するのを聞くうちに、自分にできることはなるべくやってあげたい、そんな気持ちが西郷の胸に込み上げてきた。

「秋山常務に会えば、あとをどうする気かと聞かれるだろう。そのとき答えられないといけない。辞表は私が預かろう。明日にも秋山常務の所へ行くことにしよう。それにしても、何か事故にでもあったというのなら話しやすいが、嫌になって辞めたというのでは……」

社長はようやく冷静さを取り戻した感じであった。

「それでは、私はこれから太陽リースに連絡を取らなければなりませんので」

西郷は軽く頭を下げ急いで部屋を出ようとした。足が思うように動かなかった。社長室に暗雲が立ち込め渦が巻いている。その場にいると巻き込まれそうな不安感に襲われた。

「何か新しいことがあったら、すぐ連絡したまえ」

西郷の背に社長の声が響いた。振り返ると西山副社長が社長に顔を寄せ、話しかけていた。

調査室に戻ると、川上がソファーで待っていた。テーブルの上のコーヒーカップが空になっている。

「長かったな」

「話の途中で西山副社長が呼ばれてね。二人で佐藤はとんでもない奴だと言いながら、あとをどうするかで頭を痛めている。社長が明日、佐藤の辞表を持って銀行の秋山常務のところへ行く。当面の後始末を俺にせよとのことだ」

「それは、後任の社長になれということか」

「まさか――」

と、言下に打ち消したが、その瞬間、西郷は嫌な予感がした。

「君に見てもらいたいのはこれだ」

西郷は机の引き出しから別紙『太陽リース会社の経理上の問題』と欄外に書かれた封書から、五枚の罫紙を抜き出すと、川上に見せた。

川上は二、三枚目を通すなり、表情を硬くして問い質した。

「君、これは――。誰かに見せたか」

「いや、まだだ。原本と照合してからにする」

「原本があるのか。それは証拠になる」

西郷の机の上の電話が鳴った。無言のままゆっくりと立ち上がり、受話器を取る。電話は西山副社長からであった。

「西郷君――」

「はい」

「今晩、西麻布の座敷で待っている。前に山本常務とご一緒したところだ。時間は八時ごろにしよう。いいな」

それだけ言うと、電話は一方的に切れた。

受話器を置き、ソファーに戻ろうとするとまた電話が鳴った。交換手が電話の空くのを待っていた様子で、「田崎様という方からです」と言う。

「はい、西郷です」

「西郷さん――、太陽リースの田崎です。先ほどはありがとうございました。実は今少し前に、社長から私宛てに手紙が届きました。内容は短く、西郷さんの指示に従えとのことです。ぜひお目通しください」

「お待ちしております。すぐにこちらへいらっしゃってください」

時計を見ると五時を回っていた。

「大変なことになったな」

川上は、佐藤の文書を手に立ち上がった。

「明日、太陽リースへ行ってみるよ。社長がいなくなったと騒がれないようにしなければいけない。まあ、そのうち、社長か秋山常務が何かを言い出すだろうが……。その文書は私が預かっておくよ」

と、川上の手から佐藤の手紙に入っていた文書を受け取った。

「君、それをどうするつもりだ。原本があるとか言っていたな」

「まだ確認していないが、いずれにしろ、慎重、冷静に対処する。佐藤社長の気持ちがわかるような気がするのだ。自殺するより、行方不明になったほうがいいと考えた理由がね」

「そりゃあ本人はいいだろう。しかし、責任ある立場の社長が職場を放棄するとはひどい話だ。聞いたことがない。残された家族だって……」

「いろいろ考えた末の結果だろう。世間から非難されることも、また家族と別れることも……。まあ、会社の金を持ち逃げしたわけではない。いいことだとは言えないが……」

「いや、大変なものを残していった。しかも、冷静な君にすべてを託している。これが自殺だったら、仮に遺書の形で何か重大な書類が残されていても、当事者の死とともに葬られてしまいかねない。死人に口なしとかいって、誤魔化されることだってある」

「おい、何を言う。黙って聞いておれば、俺が佐藤社長の意向を受けて何か事を仕出かすとでも言いたいのか」

西郷は、つい大声を上げた。

「そこまでは言っていないが……。でも君は、このままでは済まさないつもりでいるのだろう」

「よく考えて事を運ぶ。これだけは忘れないでくれ。俺は君を信頼していろいろ相談してきた。これからもそうしたい。頼む」

西郷はさっと両手を出し川上の右手を握っていた。川上は唇を固く閉じ、西郷の手をがっちり握り返すと、首を大きく縦に振って出て行った。

「お茶でも入れましょうか」

ソファーに深く掛けてぼうっとしていると、芳江が声をかけた。時計を見ると針が六時を指している。

「うっかりしていた。もうこんな時間だ。小川さん、帰っていいぞ。あなたはしばらく残ってほしい。太陽リースの総務部長が来る」

小川が帰ると、芳江が日本茶を入れてきた。

「大変ですね」

「うん、ようやくこれまでわからなかったものが見えてきた。こうなったら短期決戦だ。もう少しの間ばたばたするかもしれないが、終わったらのんびりできる」

「落ち着いたら、温泉へ行かれたら」

「温泉か……それもいいな」

西郷がつぶやいたとき、受付から田崎総務部長様が来られたとの連絡があった。芳江がエレベーターまで出迎える。田崎はぺこぺこと頭を下げながら部屋に入ってきた。

「西郷さんの言われたとおりでした。社長は遠くへ旅に出られたようです。何か理由があってのことでしょうか。これが社長から私宛に届いた手紙です」

西郷に促されてソファーに掛けると、田崎はすぐに背広の内ポケットから紙に丁寧にくるんだ封書を出し、西郷の正面に差し出した。

「拝見させていただきます」

緊張した田崎総務部長の顔を見ながら手紙を受け取ると、逆さに振った。きちっと四つ折りにした一枚の便箋がすっと落ちた。しっかりした文字で書かれている。

『拝啓

田崎取締役総務部長におかれましては、私が社長に就任以来今日まで大変お世話になりました。わずかな期間でしたが、私が曲りなりにも社長として会社にいられたのは、ひとえに貴殿のご尽力のお陰と感謝いたします。

突然のことで、いったいどうしたのだと驚かれ、また社長たる者が何を血迷ったのかと咎められることと思いますが、私は本日をもって社長を辞任いたします。

社長辞任に関する件については別途、東西証券調査役の西郷隆氏に文書でご依頼申し上げてあります。西郷氏はかねてご案内のとおり、心からご信頼できるお方であります。この手紙を持って参上し、今後、会社に関するすべてのことについて西郷氏のご指示に従ってください。

こうしたかたちで辞任するのは、もとより意図したことではなく、無責任との謗りを免れないと思います。しかし、私なりに考えた結果で、会社にとって最善の策と信じたからであります。

と、申し上げても、貴殿はじめ関係者の理解は容易に得られず、また、当面の事務処理等でご迷惑をかけることも多いでしょう。その点、よろしくお願い申し上げます。

なお、私は本日、一個人として旅に出ます。妻宛てに旅に出るとの簡単な手紙を出しておきますが、なんら事情を説明しないまま旅立ちます。結婚を間近に控えた娘のことを考えると思い余るものがありますが、すべてを断ち切る気持ちです。勝手なお願いですが、早い機会に一度、家族のもとを訪ねていただけると幸いです。

それでは、くれぐれも西郷氏によろしくお伝え願います。

敬具

田崎取締役総務部長殿

佐藤孝之』

西郷は手紙をじっくり読んだ。忘れたのか意図したのか、日付は入っていない。佐藤に会ったのは一回で、そのあと電話で話したとはいえ、こんなかたちで手紙を書くのは、他に手立てがなかったのだろうと改めて思った。

「私が佐藤社長にこれほど信頼されているとは思っていませんでした。それにしても、あとが大変ですが、佐藤社長としてはいろいろ考えた末、こうするのが最善と判断されたのでしょう。その気持ちを酌んで何とかしてあげたいと思います。それで、ご苦労ですが、今夜にも社長の自宅を見舞ってください。そのうち私もお訪ねすると伝えてください。それから、私宛に届いた手紙の中に記してあったのですが、あなたは会社の貸金庫についてご存じですか」

「はい、銀行の貸金庫のことでしょうか。私が社長の代理人となっています。そういえば三日前でした。社長に呼ばれて、銀行の貸金庫には重要な書類が入っているので、扱いに注意するように指示されています」

「明日にもお訪ねします。そのとき、銀行の貸金庫を開けて見てください。私宛の文書がありましたら、確認のうえ、お渡し願います」

「はい、承知いたしました」

「それから、社長は一身上の都合で辞任されたのです。個人的なことはわかりませんが、社長の手紙については一切他言しないでください。この点をよろしく頼みます」

「はい、しかと心得ました」

田崎は西郷の厳しい声に、姿勢を正してお辞儀した。そしてすぐに、顔を上げて言った。

「ひとつ、お聞きしてよろしいでしょうか」

「どうぞ、何ですか」

「太陽リースは近く倒産するとの噂が流れています。社長の辞任で社員が動揺すると思われます」

「そんなことはありませんよ。聞かれたら、事実無根の話と否定してください。もちろん社長の辞任とは無関係です。まあ、しばらくは大変と思いますが、あなたもしっかりやってください。何か気にかかることがあるときは、私に連絡してください」

西郷はきっぱりと否定した。同時に会社を倒産させてはいけないと心に強く思った。

第七章　今度は君が社長だ

　タクシーが六本木の交差点近くの狭い路地に入った所で、西郷は戸惑った。西麻布の料亭は一度しか行ったことがなく、裏通りから曲がる路地を間違えたのであった。社内の会合とはいえ相手は副社長、指示された時間に遅れるのは良くなかった。こうした場合、野村社長は必ず一言注意したが西山副社長はどうだろう、と思った。

　街灯のない狭い路地の手前でタクシーを降り少し歩いたとき、暗い感じの門の中から和服の女性が足早に出てきた。

「西山様のお客様ですね。お待ちしていました。ご案内します」

と丁寧に出迎えた。十分の遅刻だった。

奥の座敷に西山副社長と床の間を背にした銀行の山本常務が向かい合う形で座っていた。案内した和服の女性が新しい座布団を手に入って来てきた。

「やあ、ご苦労。先のことがあるから山本常務にも来てもらった」

西山副社長は、さっと横に座り直し隣に座るよう手招きした。

「西郷さん、驚きましたよ。太陽リースの社長が行方不明だって。辞表を西郷さんの所へ郵送してきたそうですね。社長といっても就任して半年も経っていないわけで、何があったのですか。西郷さんはいろいろご存じなのでしょう」

と、山本常務は右手を前に軽く振りながら話す。あなたとは旧知の仲なのだからとその顔が言っている。

「遅れて失礼いたしました。いつぞやは大変お世話になりました」

西郷は膝をつき丁寧に挨拶した。

「まあ、堅苦しいことはいい。さあ、飲みたまえ」

昼間、社長室で会ったときとは人が変わったように西郷へ笑顔をむけ、西山副社長はビールを勧めた。

「ところで、佐藤君はどこへ行ったのだね」

「手紙には成田空港の消印がありました。いまごろはタイかシンガポールのどこかでのんびりされていると思います。体調が良くなったらシルクロードを歩いてみたいとのことでした」

「何、今海外にいるのか。それをまた君は――」

西山副社長は鋭い目を西郷に向けた。

「いや、私宛の手紙の中にそう書いてあったのです。何でも子どものころから三国志の英雄に憧れ、いつの日か現地を自分の目で見たいと願っていたそうです」

一方、山本常務は、呆れ返ったと言わんばかりに目を剥いた。そして、

「とんでもない話だが、幸せなことですな。仮に、そうしたいと思っても誰もができることではないですな」

と、切り捨てる。

西郷はふと、佐藤社長と会ったとき「あなたは幸せな人だ」と独り言のように言われたのを思い出していた。

「まったくそうですな。ところで西郷君――。君とは杯を交わした仲だ。ざっくばらんに話す。夕方、君が席を外したあと社長が言ったのだが、君を佐藤君の後任にしたいというのだ。多分、明日にも銀行の了解をとって君に話すだろう」

西郷はさっと上半身を後ろに引いた。社長室から戻るのを調査室で待っていた川上に、

「社長から佐藤がいなくなったあとの当面の始末をせよと言われたよ」と話をしたとき、川上は即座に「それは後任の社長になれということか」と聞き返した。そのとき「まさか」と思った嫌な予感が当たったのである。

西郷は俯いて腕を組んだ。見るからに思慮深そうな社長の顔が目に浮かんでくる。

そのうち、社長は前々から太陽リースの清算整理は一筋縄ではできないと考えていた。そこで、西郷が社長就任を断ったのを受け、佐藤にやらせることにしたが、同時に佐藤でうまくいかない場合のことも考え、調査室というわけのわからない部署を設けて、佐藤が駄目になったときの備えをしておいたのではないか、という思いがしてきた。社長が西郷の辞退を了承したと思ったのは勘違いで、ずっと後始末をさせる腹積もりでいたのだという気持ちが強くなった。

「私は、前に社長就任を断った男です。それはないと思いますが」

西郷はぽつりと言った。

「君しかいないのだ」

広げた右手をテーブルの上に置き西山副社長がきっぱり言う。すかさず山本常務が身を乗り出し真剣な表情で、

「私からもお願いしますよ。この際、ぜひあなたに引き受けてもらいたい」

「それは、私に太陽リースの清算人になれ、ということですか。そんな――」

西郷はあからさまに顔を顰めて見せた。

「いや、違う。それは社長や秋山常務の考えだ。二人は、君なら黙って引き受けると思っているだろう。私らはそれに反対だ。いま清算したら弊害が大き過ぎる。太陽リースには、もうしばらく頑張ってもらいたいのだ。うちや銀行で支援する」

西山副社長は、最後の言葉に力を込めていった。

「私が太陽リースの社長を引き受けて、野村社長の意向に反対する。どうなりますか」

これまでの経緯からして、太陽リースの社長になることは即清算人になることである。社長になるが清算人にはならないとは言えない。それなら社長を引き受けるべきでない、と西郷は考える。

「大変なことかもしれないが、われわれが応援する。これまでのように黙って見ているようなことはしない。そりゃ、最高権力者の社長に立ち向かうのだから、多少のぎくしゃくはあるだろう。君の立場もわかっている。しかし、真剣に論議を尽くせば道は開けるものだ。君ならそれができる。佐藤君に何が起こったのかは知らない。それにしても職場を放棄し、家族を捨て行方をくらますような男は信用できない。彼は自ら壁にぶつかり、限界を知ったかもしれないが、それで逃げ出すようではね」

西山副社長は、向き直って正面から西郷を見据えている。その表情に野村社長とは違った経営者の厳しさを目の当たりにして西郷は、こうなったらすべてを明らかにしようと思い立った。

「佐藤社長は、ただ逃げられたのではありません。私には佐藤社長の行動がわかるような気がします」

「ただ逃げたのではない。何か心当たりでもおありなのですか」

今度は、山本常務が開いた両手をテーブルの上につき、身を乗り出して西郷を正面から見据えた。怒り顔の下で空になった杯が光を放っている。一息入れ西郷は、青白い顔の佐藤社長と会ったときの状況を思い浮かべながらつとめて冷静に淡々と話した。

「佐藤社長が成田空港から郵送し、私に託されたものの中に『太陽リースの経理上の問題』という文書があります。詳しくは原本と一緒に別のところに保管してあります。まだ、確認しておりませんが、佐藤さんが社長就任後に独自に調査されまとめられたもので、扱いを私の判断に委ねるとありました。調査資料をまとめたところで、自分の役割は終わったと判断されたようです」

「何のことだ――それは、西郷君――」

西山副社長が身構えると、

「経理上の問題だと――」

山本常務は声を荒らげた。

「佐藤社長と会ったとき、会社の財務面で一部の人しか知らないことがあり、いずれ時期が来たらはっきりする必要がある、と話されたことがあります」

「一部の人しか知らないこと。隠れた何かがあるということか――。財務内容がいいわけはないが、具体的に何が問題なのかは聞いていない。う――ん。誰かが隠しているとでもいうのか」

詰問口調で西山副社長が聞く。

「それで――」

山本常務がさらに西郷に問いかけようと身を乗り出した。と、隣に座っていた西山副社長が山本常務を制するように右手を上げ、さっと西郷に向き直った。

「社長がうちの川上財務部長にまとめさせた太陽リースの財務状況の資料を見たが、全体に悪いことになっていたものの、特別な問題を指摘するようなところはなかった。その調査資料とやらを君は社長に見せたのか」

副社長、常務の二人の厳しい問いかけに西郷は息を詰めた。問題の資料を川上に見せたとき、「誰かに見せたか」と表情を硬くした川上の声が頭に浮かんだ。

「いえ、まだ誰にも。原本があるというので、それを確認してからにしたいと考えまして。明日にも点検します」

西山副社長は大きく頷いて、西郷を見据えている。

「うん、よく明かしてくれた。それを明日、見せてもらいたい」

「西郷さん――。あなたに太陽リースの社長を引き受けてもらいたい」

山本常務が繰り返すと、それに西山副社長が首を縦に大きく振って応じた。

「西郷君。君しかいない」

と、断言するように言った。

この夜の三人の会合は、料亭の座敷では珍しく内容が濃く酒はほとんど飲まず、食事もお茶漬けで済ませ一時間足らずでお開きとなった。西山副社長は西郷に気遣いを見せ、自ら帰りの車の手配まででした。

帰宅すると、妻の奈美が玄関まで飛ぶように出てきて、いつになくうれしそうな顔で出迎えた。

「少し前に山中さんの奥様からお電話があったの。週末のゴルフの練習を明日の午後どうかって」

「ああ、そうか。今度の土曜日だったな」

「あら、あなた忘れていたの。このところ忙しそうだけど。ちゃんと行かなきゃだめよ。奥さんたら、大変な入れ込みようよ」

「うん、思いっきりぶっ放すか」

「まあ、何かあったの。変よ、その言い方」

「俺、太陽リースの社長になりそうだ」

「あら、潰れる会社の社長になる気はないって断ったのではなかったの。社長さんは佐藤さんとかいったわね。どうかなさったの」

「うん、辞表を郵便で送りつけて海外へ行ってしまった」

「そんな無茶な。それじゃ後始末ということね。それではいいことないわね。まったく、運の悪いことだわ」

奈美は突き放すような言い方をした。

「今度は、運が悪いか」

確かに運が悪いと思った。西郷は、山中と無性に酒が飲みたくなった。

西郷は調査室のドアの前で足を止め、さりげなく腕時計を見る。午前九時の定刻に出勤すると宣言して以来、特別の用事のない限り時間を守っている。五分でも早いと損したような気持ちになり、逆に遅れると落ち着かなかった。

ドアを開けると、待っていたように電話のベルが鳴った。手を伸ばそうとすると、芳江が近づいて、「三十分ほど前に、昨日お見えになった田崎様から電話がありました」と言う。西郷は頷いて電話を取るように右手で合図した。芳江が取り次いだほうが相手に好感を与えると思った。

「はい、田崎様。先ほどは失礼いたしました。ただ今出勤いたしましたので、代わらせていただきます」

丁寧に答えて受話器を西郷に渡す。

「西郷です。昨日は遅い時間にご足労いただきありがとうございました。こちらから一番にお電話しようと思っていたところです。それでは、一時間後に銀行の正面玄関でお会いしたいのですが、どちらの支店でしょうか」

西郷は、挨拶もそこそこに用件を切り出した。

「はい、承知いたしました。丸の内支店、東京駅の東側でございます。はい、それで、今少しお話ししてもよろしいでしょうか。昨夜、ご指示どおり佐藤社長宅をお訪ねし、奥様にお目にかかりました。ご自宅にも手紙が届いており、預かって参りました。会社に辞表を出して旅に出るとの短い手紙ですが、お読みいたしましょうか」

「いや、お目にかかったときにしましょう。それじゃ一時間後に銀行の玄関で、よろしくお願いいたします」

西郷は、一方的に電話を切った。佐藤との電話中に芳江が机の上にそっとメモを置いていった。見ると「西山副社長、至急連絡せよとのこと」とある。西郷は小川が入れたお茶をひと口飲むと、西山副社長の電話番号を回した。すぐに通じる。

「おはよう。君、例の文書をいつ確認するのだ。早い段階で見せてほしい」

「いまから出かけて、午前中に」

「それじゃ、どこかで昼飯を食べよう。場所は、そうだな……、一段落したところで連絡したまえ。わかるようにしておく」

短い電話で録音が途切れたような引っ掛かりを感じた。憮然として受話器を置くと、すぐベルが鳴った。西郷は口をへの字にして顔を芳江に向けた。芳江がさっと近づいて受話器を取り、「はい、西郷室長席です」と短く答え、顔を上げた。右手に握った受話器を左手で抑えている。

「川上財務部長からです」

西郷は、黙って頷き受話器をそっと受け取る。

「今、出かけるところだ。急ぎか」

「昼を食べよう。それまでに戻るか」

「戻れそうにない。何かあったのか」

「今朝一番に、西山副社長に呼ばれて、太陽リースの財務内容について報告することはないか、と聞かれたので、特別ございませんと答えた。すると、よし、とひと言。素っ気ない返事だった。それで――」

「私のほうから、今話すことはない」

「おい、えらく、素っ気ないではないか」

「出かける時間だ。失礼する。うん、あとから連絡する。席を離れないでほしい」

西郷は、また、一方的に電話を切ると、芳江に目配せして部屋を出た。時計を見ると、九時三十分を回っている。タクシーを拾おうと表通りに向かって歩きながら、西山副社長の発言が気になった。貸金庫の中身を社長より先に見ておきたいという気持ちはわからないわけではないが、社長にはまだその存在すら話していない。もっとも、それが社長に見せなければならないほど重要なものなのかは、現物を見てみないとわからなかった。

道路が混んでいた。普段だとタクシーで十分くらいの所が二十分近くかかり、銀行の正面に着いたときはちょうど十時で、玄関先にいた田崎が駆け寄ってきた。

「いや、今朝ほどは失礼しました。少しばたばたしていたものですから、あなたの話をろくに聞かずに電話を切って申し訳ありませんでした」

「お気になさらないでください。お忙しいことは充分にわかっています。窓口には十時ごろにお願いしますと伝えてありますが、すぐに貸金庫室へ行かれますか」

「それでは、このままそちらへ」

銀行の事務員が田崎の顔を見ると、すぐに奥の貸金庫室へ案内した。大企業の本支店が多い丸の内貸金庫だけに設備はしっかりしており、西郷がいた日比谷の銀行本店の貸金庫に劣らない規模であった。田崎は入り口で手続きを済ませ、「ここでお待ちください。中身を出してきます」と入り口わきのテーブルへ西郷を案内した。五分もすると、分厚い紙袋を両手に持ち出てきた。

「すぐわかりました。いちばん上にありました。これに間違いございません。多分、数日前に入れられたものです。会社の書類はすべて茶封筒に入れられているのに、これだけは白封筒で、表に私宛の書類と明記してあります。このようなものは他にありません」

田崎は、真新しい大型の分厚い白封筒を西郷に向けて差し出した。

『田崎取締役総務部長殿　重要書類在中
社長　佐藤孝之』

と、表に毛筆できちっと記してある。

西郷は白封筒を手に取ってみた。厚さ三センチ、Ａ４の大きさの書類が詰まっている感じで、ずしりと重く感じた。

「どうしましょうか。ここで開けてお読みになりますか。ここなら誰かに見られることもありません」

「そうだな。ともかく、あなた宛になっているから、まず、あなたが封を切ってください」

田崎は背広のポケットからカッターを出すと、白封筒の頭の後ろ側から丁寧に切り口を入れた。慣れたもので、こうしておけば、表から見ると開けたようには見えなかった。と、その中にもう一つの白封筒が入っていた。表に『東西証券　西郷隆殿、親展、太陽リース社長　佐藤孝之』と記され、右肩に「この書類を東西証券の西郷隆殿にお届けください。よろしくお願いします」と田崎宛の付箋が貼ってあった。

「それでは、この場で西郷様にお渡しいたします。お確かめください」

田崎は改めて、中に入っていた白封筒を西郷に向けて差し出した。また、これをお使いください、とポケットから折りたたんだ風呂敷を出した。

「確かに受け取りました。先にお手紙をいただいておりますので、内容はわかっています。佐藤社長がこうまでして残していかれた書類ですから、大切に心して扱いましょう。内容を見たうえで、あなたに確認することがあると思います。その節はよろしくお願いします」

「それはもう、何なりともお申し付けください。それで、これからうちの会社はどうなるのでしょうか」

「一両日に後任の社長が決まるでしょう。無用の心配はされなくてもよいです。それから、改めて申し上げますが、この文書については一切他言されませんように、お願いしておきます」

「承知いたしました」

田崎は両手をまっすぐに伸ばし姿勢を正して、頭を深く下げる。薄くなった白髪を右から左に分けた櫛のあとが残っている。その振る舞いに西郷は、サラリーマンになって長年にわたって上司に仕えてきた人生の重みを感じていた。そして今、取締役総務部長として、社長がいなくなった会社のこと、部下のことを心配している。西郷は「一生懸命働いている社員を前に突然、会社を清算するなんて言えますか」と西郷に怒りをぶちまけていた佐藤社長を田崎の姿に重ねて見ていた。

「田崎さん、ご苦労様でした。これから新しい社長が決まるなど、大変だと思いますが、よろしく頼みますよ」

西郷は、田崎を前に改めて頭を下げた。

「あっ、忘れるところでした。昨夜、佐藤社長のご自宅を訪ねましたおり、奥様宛に届いた手紙を預かってきております。これです。奥様は『娘の結婚式が間近に迫っているというのに、いったいどうしたというのでしょうね。皆様にご迷惑をかけて申し訳ありません。お詫びします』とのことでした」

「そうでしたか」

西郷は、一両日中に自宅を訪ねてこようと思った。そして、佐藤社長の意思をしっかり受け止めてやろうと改めて心に誓った。

「奥様は西郷さんのお名前を社長から聞いたことがあるとおっしゃっていました。意味はよくわかりませんが、そろそろ西郷さんのように生きたい、と言われたそうです」


田崎部長と別れた西郷はタクシーに乗ると、近くのパレスホテルへ行くことにした。会社に電話する必要があり、また白封筒の中身を事前に目を通し点検しておきたかった。一人になると、田崎総務部長が話した佐藤社長宅を訪ねたときの様子が頭に浮かんだ。そして、「そろそろ西郷さんのように生きたい」と佐藤社長が妻に語っていたということが気になった。

西郷が佐藤社長に会って一か月も経っていない。あのとき、「あなたはリース会社の社長になるのをなぜ断ったのですか」と詰め寄られ、「もう、窓際でもよい。自由に生きたいと思ったのですよ」と答えた。その言葉に嘘はなかったが、その後の西郷の生活は、そのころ思い描いたものとはあまりにもかけ離れたものとなっている。自分から求めたものではなかった。しかし、今となってはとことんやってやろう、という気持ちに変わっている。そのことが「あなたは運のいい人だ」とも言った佐藤社長の気持ちに応えることだと思った。

パレスホテルのロビーから会社に電話すると、すぐ芳江が出た。

「用件は二件です。一つは社長から直接連絡があって午後に出社するからすぐに来てほしいそうです。二件目は、西山副社長の秘書から封書が届けられ、中にホテルニューオータニのタワー六階の『なだ万』で十二時に待つ、とあります。以上です」

「わかった。西山副社長のメモはすぐに封書ごとシュレッダーしてください。午後はできるだけ早く戻るが、一時を過ぎるかもしれない。それから、この電話を財務部長の川上に回してください」

受話器を手にしたまま西郷は白封筒の中身を点検した。きちっと書かれた文書は三部からなっており、一部は佐藤社長名で経緯と調査結果が克明に記されている。二部は、太陽リースの渡辺前社長が書いたものであった。主として不動産に対する銀行の紹介融資に関するもので、『これらの物件については、加藤副社長が窓口となり、役員会で銀行が百パーセント責任をもつから心配ないとの説明を繰り返したものである。これに対し、当初から不良貸し付けの懸念を抱いた私は、財務に直接指示し融資実施を前に独自の調査を行わせ、万一将来に問題になった場合の責任の所在を明確にしておいたものである』と明確に記してあった。銀行関係者の個別の氏名には確認をした印があり、中には署名捺印のされたものもある。

西郷は、その文面に驚いた。

「おい、どうした」

受話器の奥から川上の声が聞こえた。西郷は一瞬、電話中であることを忘れていた。

「ああ、今どこにいる」

「会社に決まっているだろう。用件は――」

「いま何時だ」

「時計を持っていないのか。もう十一時だ。俺と昼飯を食う時間はないと言ったな」

「うん、ない。パレスホテルのロビーにいるが、ホテルニューオータニの本館正面のロビーにすぐ来てほしい。見てもらいたいものがある」

「了解――」

パレスホテルからニューオータニまではタクシーで十分とかからない。西郷は弁慶橋を渡ってすぐのタワーの入り口を避け、本館正面に回った。玄関左手奥のロビーは閑散としていた。西郷は椅子に掛けるなり白封筒の中身を取り出していた。

分厚い三部は不動産登記簿のコピーで、所有権の移転状況、担保の状況が一目でわかる。要所要所に付箋が貼られ当時の担当者の名前が記してあった。佐藤社長名で書かれた一部の『経緯と問題点』に調査の経緯が書いてあった。

それによると、社長就任の日に体調がすぐれず会社も休みがちだったという渡辺前社長から二部の資料を見せられ驚愕し、銀行の幹部に対し強い不信感を抱いた。一方、真面目に働いている社員を前に社長の責任の重大さを思い胃が痛くなった。また、言われるままに社長に就任した自分に無性に腹が立った。

そして、一週間考えたあと、渡辺前社長がまとめた調査資料の総点検を決意し、都内のホテルの一室を拠点に一人でやった。その結果、渡辺前社長の調査に間違いはなく、当時の銀行幹部のとった紹介融資は犯罪行為であるとの確信を得た。

その調査結果を持って入院中の渡辺前社長を訪ねた。渡辺前社長は癌でわずか一か月の間に見違えるほどやせ細り、すっかり人相が変わっていた。かすれた声で「不正はどこかで暴かれなければならない」と語った。「それがあなたの役目だ」とも言われ、返す言葉がなかった、と記している。

「おい、それが貸金庫の中身か」

いつの間に着いたのか、西郷の隣に川上が座っていた。西郷は、黙って渡辺前社長の書いた二部を手渡した。川上は食い入るようにして頁をめくった。

「何だ、これは――。頭取や常務の名前まで書いてある」

「佐藤社長の調査した一部、渡辺前社長が調べた二部、それに不動産登記簿などのコピーを整理した三部と、資料としては完璧だ。どう見る」

「驚いた。当時の担当は加藤副社長か。俺が調べたときの相手も加藤だった。本当のことを言わなかったわけだ」

「時間がない。五分後に人と会わなければいけない。あとから君と一緒にこの資料を点検したいと思うが――」

「うーん。このままでは私文書だ。君が今すぐ誰にも見せずシュレッダーして破棄すれば、ただのゴミになる。そうしなかったら捜査資料になるかもしれない」

「捜査資料――。ゴミにはできない。この資料には二人の社長の怨念が込められている。それを晴らすのが俺たちの使命ではないか」

「そう意気込むな。状況を慎重に見極める必要がある」

「時間だ。これを見たのは俺以外に君だけだ。君を信頼している。じゃあ、あとで。午後には社長に呼ばれている」

「これから誰と会うのだ」

「聞かないでくれ、じゃ」

西郷は資料を白封筒に戻すと、風呂敷にしっかり包み、椅子に座ったままの川上をあとに、『なだ万』のあるホテルのタワーへ足早に向かった。

昼食どきとあって、なだ万は混んでいた。受付で西山副社長の名前を告げると、和服を着た落ち着いた女性が手元の予約一覧表に目を落とし、「S銀行様のお席ですね。お二方様がお待ちです」と、奥の和室へ案内した。

五畳ほどの狭い和室で、壁際の飾り棚に紫陽花が活けてあった。西郷が顔を出すと二人がそろって顔を上げた。

「やあ、ご苦労だった。昨夜の続きだから一緒のほうがいいと思って常務にも来ていただいた」

西山副社長が口を開くと、山本常務は真面目な顔で頭を下げた。西郷は手にした風呂敷包みを解き、白封筒を出した。

「調査資料の存在を知ったからには、現物を見ておかないといけないと思いまして、私からお願いしたのですよ。いろいろと大変ですね。よろしくお願いしますよ」

「今しがたさっと目を通しただけですが、渡辺前社長の調査資料が入っており驚きました」

「渡辺――、佐藤の前に病気で社長を辞めた男か」

二人が身を乗り出した前で、西郷は白封筒から三部の書類を出し、山本常務に向けて並べると、そのポイントを説明した。

「要は、当時の加藤副社長を窓口にリゾート地や宅地開発用地などの紹介融資をさせられた。渡辺前社長が不良貸し付けではないかと問題視すると、加藤副社長が銀行の肩代わりで銀行が百パーセント責任をもつから問題ないと説明した。それに対し渡辺前社長が財務に命じて独自の調査を行い、問題融資の調査報告書を作っていた。これを引き継いだ佐藤社長がさらに調査を加えたものです。当時の銀行の担当者の名前もきちんと書いてあり、その中に頭取、秋山常務の名前もあります」

西郷は一気に話した。二人は書類に顔を近づけ目を通している。山本常務の顔がきつい目をした狐のように見えた。

「よくできている。完璧だ。確かに加藤は当時、頭取の秘書、秋山は秘書室長だった」

「うーん、これは大爆弾だ。君、これをどうするつもりだ。社長に見せるか」

西山副社長は、さっと顔を上げて言った。

「まて、社長にその場でシュレッダーされたらそれまでだ」

東西証券本社があるビルの二十三階東側に面した社長室の窓から兜町界隈が見渡せた。道路を隔てて証券取引所のビルも見える。

西郷はいつものように社長室入り口のドアを軽くノックして中に入ると、「失礼します」と声をかけた。社長が珍しく日の射し込む窓際に突っ立って外を眺めていた。光線の関係で振り向いた顔が一瞬どす黒く見え、眼鏡のレンズがきらきらと外の光を反射した。西郷が側に寄ると、社長は窓の外に顔を向けたまま口を開いた。

「こっちに来て外を見たまえ。私はときどきここに立って窓の外を眺めているが、ここ数年の間に街の光景はずいぶんと変わったよ。新しい超高層ビルもできたが、それよりビルの看板がいつの間にか新しいものに取り換えられている。中に入っている会社が替わったのだね」

初めて眺める光景であった。西郷は新しくなったのはどの看板かわからなかったが、変わりようは想像がつく。そして、社長が何を言おうとしているのかもわかるような気がした。

「君に言っておきたいことがある。座りたまえ」

社長はいつになく厳しい表情で言うと先にソファーに掛けた。

「何か人にものを言うときは、事前にこの男にこう言ったら、どう思うか。同じことを別の男に言ったら、そいつはどう思うか、よく考えてからにせよ。相手によって話し方を変えるのだ。会社の経営とはそんなものだ。社長は考えたことを実現せねばならん。言ったことをきちんと執行させるためだ。昨日の今日だから、何のことか察しがつくだろうが。社長となったら、言いたくないことも言わねばならないときがある。そのときは、相手を見て言い方を考える」

社長は西郷に諭すように話した。西郷は無言で頷いた。と、そのとき入り口のドアが開いて、西山副社長が足早に入ってきた。社長は先に西郷へ思いを伝えるため、時間をずらして西山副社長を呼んだのであった。ソファーの前の細長いテーブルを間に社長と向き合って二人が座ると、社長は改めて二人の顔を見据えておもむろに口を開いた。

「今朝方、銀行へ寄って秋山常務と会い、太陽リースの佐藤社長が辞表を送り付けて旅に出たと話してきました。秋山常務は、えっと驚いておられたが、すぐにあとをどうしますかと聞かれた。それで、西郷君を後任に考えていると言ったら、彼なら事情もわかっているからと二つ返事で賛成された」

そこで社長は一息入れ、西郷をじっと見た。

「実は、昨日のうちに君を佐藤君の後任にしようと西山副社長と話した。以前、君が辞退したときとは、状況が変わっていることは説明するまでもないだろう。そんな現状をいちばんよく知っている者は君をおいてない。社長になったら何をするかも君はわかっている。ここは黙って受けてもらいたい。調査室は現状のままにしておく。君の机も動かすようなことはしない。早い段階で社長としての仕事を終えて戻ってもらいたい。そのときは調査室ではなく別のもっと大きな部門を担当してもらうつもりだ。西山副社長も同じ考えだ」

西郷は俯いたまま無言で聞いていた。すべて予期していたことで新しいことはなく、答えることもなかった。しばらくして隣りにいた西山副社長が静かな口調で話し始めた。

「何かにつけ激動のときだ。何が起こっても驚いている暇はなく、即座に適切な手を打つことが求められている。現状のわかっている君以外に適任者はいないと私も賛成した。私は関連会社担当を仰せつかっているが、まだ日が浅く状況を充分に承知していない。この際、担当責任者として私も君と一緒にやる。任せて放っておくようなことはしない。ぜひこの場で了承してほしい」

西山副社長は西郷のほうに向き直って言った。一時間半ほど前の昼に、銀行の山本常務と貸金庫に入っていた白封筒の書類を食い入るように見つめていた緊張感を持続していた。真剣な表情で、西郷を睨みつけた視線を逸らさなかった。

普段あまり見せたことのない西山副社長の態度に社長も驚いた感じで、声を和らげて言った。

「まあ、西郷君が世界の遺跡巡りをしたい希望をもっていることを忘れたわけではない。人生の楽しみは引き続き温めてほしい。しばらくは忙しいかもしれないが、君ならできると見込んでいるのだ」

西郷は無言のまま唇を引き締めると、大きく頷きおもむろに口を開いた。

「わかりました。社長、副社長の強い要請にどこまで応えられるか迷いもありますが、ご期待に沿えるよう全力をあげます。また、なぜ佐藤社長がいきなり辞表を出して旅に出たのかも知りたいと思います。それにしても、社長を引き受けるとなれば、太陽リースの会社の実態、財務内容について知る必要があると思っています」

西郷は、社長が先に話した言葉を思い出し、ひと言ひと言噛みしめるような言い方をした。それを見た社長は小さく顎を突き出し、即座に命じた。

「よし、それでは、すぐに手続きをするように総務に言っておこう。いいか――佐藤君のことは家族への対応を含め総務部に任せればよい。太陽リースの財務内容などについては、うちの川上財務部長が調べた詳しい報告書がある。私から聞いたと言って見せてもらうがよい。いや、私から指示しておく。これから彼の協力も必要だろう。以前、米国の調査結果をもとに悪いものは早く処理するよう決断すべきだと君に促されたことがある。君がその執行責任者だ。頼むよ」

「はい、どのようにしてやるのがいちばんよいか真剣に考えます」

「何、考えることはない。やり方は決まっている。難しいのは後始末だ。それじゃ、よろしく」

社長は自ら納得した表情で先に立ち上がった。西郷と西山副社長は無言のまま社長室を出た。廊下に出たところで、西山副社長がさっと西郷に身体を寄せ、

「いいか――白封筒の中身をすぐに検証しろ。不正融資の内容、金額はどれほどか調べるのだ。あとから連絡する。何が重要かわかっているな」

顔を近づけ早口でささやくように言い残し、足早に自分の部屋へ急いだ。

西郷は大きく深呼吸すると、エレベーターに乗らず脇の階段をゆっくり歩いて降りた。足音が身体に響いた。

調査室のドアを開けると、入り口に近いソファーで川上が分厚いファイルを手に待っていた。

「深刻な顔をしているな。君へ詳しく報告せよと社長直々に指示されたよ。それより、白封筒の中身を吟味することのほうが重要だと思うが……。こちらのほうはたいしたことは書いてないよ。社長からはよく調べたと言われたがね」

川上は皮肉を口にしても笑顔は見せず、じっと西郷を見ている。何を言うか待っている感じだ。

「うん、白封筒の中身が正しいとして、不正融資の金額はどれほどの金額になるのか。それがなかったら、太陽リースは生き残れるのかを知りたい。その前に言っておくが、社長から君に全面的に協力してもらえと言われた。頼むぞ」

「聞いている。それで、ここでやるか。この場所がいちばんいいと思う。どこかに部屋を取ったりするのはよくない」

「よし、そうしよう。ともかく時間がない。いまから始めよう」

芳江がコーヒーを二つ入れてきて、テーブルの隅にそっと置いた。西郷はその一つを川上のまえに持って行き、「まあ、一杯飲んでからにしよう」と顔を上げた。

川上はコーヒーをひと口飲むと、左手を広げて白封筒の上に置いた。

「太陽リースについては、前にいろいろ調べた。感じでは、会社の債務超過の原因はほとんどが紹介融資物件で、担保に入っている地価の値下がりをどう見るかにもよるが、不正融資額は千五百億円を超えるだろう。それがなかったら太陽リースは優良会社だ。会社を残したかったらこの際、銀行が全額補填して、もうかっているところを伸ばせばいい。しかし、もう結論が出ていて、すぐにも会社を清算することになっているのだろう」

「俺は、その清算人になるための社長ってことか。社員に向かって何と説明するか。佐藤社長が頭を痛めた状況がよくわかる」

西郷は、社長の言葉を思い出し、つい愚痴をこぼした。

「なんだ、もう社長就任を正式に要請されたのか。会社を清算するのは簡単にいかないぞ。もっとも、何も知らずに社長になって、いきなり清算人になれと言われたのとは事情が違うと思うが……また大きな爆弾を手にしている」

佐藤社長が西郷の前で見せた苦悩の表情が思い浮かぶ。「相手がどう受け取るか事前によく考えてものを言う」余裕は佐藤社長にはなかったのだろう。「現状がわかっている」といってもいい知恵は出てこない。わかっているから、かえって難しいといえよう。

「清算人か――。俺の人生設計にはなかったものだ。しかしまだそうと決まったわけではない。自分の人生は自分で決める。俺は運が悪かったなんて言わないぞ」

「気持ちはわかるが、あまりムキになるな。いまこそ知恵を出せ。いいか、爆弾はうまく使わないと怪我をすることだってある」

「正義とは何か……そうだ。俺は王道を行く。清濁併せ呑むようなことはしない」

白封筒に入っていた太陽リース会社の不正融資の検証は、午後七時ごろまでかかった。西山副社長への説明のため要点を整理したメモを作った。その後、二人は築地の寿司屋へ行った。西郷はその夜、九時に山中と会う約束をしていた。それまでの時間、夕食を取りながら話したいと川上を誘ったのであった。

寿司屋の片隅で向かい合って座り、ビールを飲んでいた。川上は硬い表情のまま口を開いた。

「もう一度聞くが、君は納得して社長を引き受けたのか」

「納得——そんなわけではない。といって行き掛かり上引き受けたわけでもない。社長や西山副社長から言われる前から腹積もりはできていた。それは佐藤社長の行動が理解できたからかもしれない。家族を含めすべてを捨てて旅に出ることにした気持ちが私にはよくわかる」

「俺にはわからないな。そりゃあ誰だって困難なことが続けばそのうち逃げ出したくなることもある。しかし普通の人だったらそうはしないよ。第一、したくてもできないよ」

「うーん、普通の人だったらそうかもしれない。いつか彼の手紙を見せてあげたいが、彼は決して逃げ出したのではない。彼なりに考え抜いた結果、そうするしかなかったのだろう。例の白封筒の中身だが、不正融資の事実を確認して自分でどうにかしようと考えていたとき、一日も早く会社を清算してしまえと一方的に攻め立てられた。そのプレッシャーは大きかったと思う。そして考えた末、理解を示した私に後事を託そうとした。といって、私のことを充分に知っていたとも思えないが、私に賭けたような気がするのだ」

「君ならやってくれると見抜いていたというわけか。そうなら、なかなかの男だ。また、引き受けた君も尋常ではない。その気概は相当なものだ。ただ、気概だけでは……戦略はあるのか」

川上は残ったビールをぐいと飲み乾し、グラスをテーブルの上にドンと置くと、その手を握りしめている。

「佐藤社長は、どこかで真実を明らかにしなければいけないと私に話したが……さしあたって、白封筒の中身をいつ社長に見せるか。そのとき何と言うかだ」

西郷は厳しい口調で言い切ると、唇を固く閉じて川上の顔をじっと見詰めた。西郷は自分の言葉に川上がどう対応するか見極めようとしたのだった。川上は「うん」と頷き、即座に言い返した。

「社長がそんな文書はなかったことにしろ、既定方針どおり事を運ぶのが君の役目だと言ったらどうする。それは駄目ですと、その場できっぱりとした態度をとれるか」

「難しいところだが、ここまで来たら曖昧な態度はとれない。この文書をきちっと検証するまで私は動きませんとでも言うか」

「いずれにしろ、社長に歯向かうことになる。社長だけではない。白封筒の文書によれば、不正融資を仕掛けたのは銀行の頭取や秋山常務だよ。一筋縄ではいかないよ」

「うん、そういえば文書に野村社長の名前は見当たらなかったな」

「当時、社長は東西証券の副社長になって銀行を離れていたからだ。その直前は銀行の専務で、頭取と秋山常務と三羽烏といわれた仲だ。名前が出ていなくても同じ穴の狢には違いない」

「社長が熱心なのはそのせいか。ただ、社長の名前が出ていないことで言いやすい。名前の書いてある銀行の連中のことを強く言えばよい。私としては、当時のことはまったく知らない。関係もない」

「穏やかでないね。まあ、飲め」

川上はテーブルの冷酒の瓶を手にすると西郷に勧めた。

「白封筒の文書には渡辺、佐藤の二人の果たそうとして果たせなかった怨み怒りが籠もっている。なんとかして二人の怨念を晴らしてあげたい」

「うん、君の心情はわからんでもないが、難しいよ。佐藤社長が家族を捨てて逃げ出したくらいだからな」

「私は逃げる気はない。また、失うものもない」

「そんなに思い詰めることはないよ。いい知恵はないかな」

「淡々とやる。王道を行く」

「王道か……社長は君を見損なったとは言わないだろうが、後悔するだろうな。君ならと確信したのだろうから……。社長としては大きな判断ミスをしたことになる」

そこまで言うと川上は黙ってしまい、目の前の寿司を黙々と口に運んだ。西郷も話すことはもうなかった。寿司を食べ終わると、西郷は無言のまま川上の手を取り目を見つめて力を入れた。

商社の山中と待ち合わせた銀座のクラブは、築地の寿司屋から歩いて七、八分の所であった。西郷はぶらぶら歩きながら家に電話した。まだ帰る時間でないのに家へ電話するのは珍しいことであった。

「あら、あなた。たった今、西山副社長から電話があったばかりよ。それで、帰っておりませんとお伝えしたら、西郷君は今週の土曜日はどうしているかと聞かれたの。今週の土曜日は出かけることになっていますと答えたら、それじゃ、日曜日に打ち合わせをしたいと伝えておいてくれだって。休日に打ち合わせしたいなんて、何か重要なことがあるの。電話しておいたほうがいいのではないかしら。念のため電話番号を聞いておいたわ」

「わかった。今から山中君と一杯飲んで帰る。そんなに遅くならないから」

「山中さんによろしく言っておいてね。この間も奥さんにお世話になったの。とてもよくしていただいたのだから」

「ああ」

と電話を切った。そしてすぐに西山副社長に電話をしようとしてやめた。打ち合わせの場所を聞くのは明日でもよいと思った。

行きつけのクラブに着いてドアを開けると、カウンターの奥で山中が一人水割りを飲んでいた。

「いやあ、遅れてすまん」

「毎日、忙しそうだな。家内から聞いたが、奥さんがあきれていたそうだ。そんな会社はいやだと一度断った会社の社長を押し付けられそうだと頭を痛めているんだって。君しかいないと社長に言われたそうだな」

「今度は断れない。来週早々、正式に決まるが、引き受けるのは社長に頼まれたからではない。不正を暴き真実を明らかにするためだ」

「純情な少年のようなことを言うものでない。ビジネスは正義感が先に立つとうまくいかないよ。前々から話しているリース会社だろう。どこの会社でも時には少々の飛ばしや焦げ付きはあるものだ。それに目をつぶることも経営だといつか君に言わなかったか。それにこの年になって正義感を振り回すのは疲れるぞ」

「どうしても見逃す気になれないのだ。リース会社の前の社長が、責任を持つからと過去に押し付けられた不正融資に関する調査資料をとりまとめ、貸金庫に預けていた。その額は千五百億円に上る。不正に押し付けた連中の名前も書き残してある。彼らが今、会社を一日も早く清算させ不正を闇に葬ろうとしている。見過ごすわけにはいかない」

「千五百億円とは大きいが、それは確かな資料なのか。当時、その人たちは会社のためによかれと思ってやったのではないか。それとも君はその連中に何か恨みでもあるのか」

山中は、はやる西郷をいましめるように言った。西郷には、白封筒に入っていた調査資料を川上と詳しく検証したあとの気持ちの昂りが収まらず、まだ残っていた。

「調査資料は確かなものだ。問題は背景に何があったか知らないが、ろくな担保もない融資を押し付けてきた経営責任だ。それより、自分のやったことを棚に上げておき、会社を潰しまじめに働いてきた人たちを切り捨てようとしている態度だ」

「おいおい、大変な意気込みだな。何が君をそこまで駆り立てているのか。単なる正義感とは思えない」

山中は、あきれたと言わんばかりに口を開けたまま、しばらく西郷の顔を見ていた。そのとき、西郷は秋山常務の澄ました顔を思い浮かべていた。恨みがあるとすれば秋山常務だ。貸金庫から調査資料の入った白封筒を出し、最初に秋山常務の名前を目にしたとき、あっと驚いた記憶がよみがえった。

「それで君、その会社の社長になってどうしようとしているのだ」

「会社を存続させるのだ」

「その会社は清算させる方針が決まっているのではないか。いったん決まった方針を覆すのは容易なことではないよ。その調査資料で脅すつもりか」

「そんなつもりはない。何かいい方法はないか」

「味方はいないのか。一人では無理だよ」

「味方か……逆に利用されても困るのだが」

西郷は思い巡らした。いちばん事情のわかっているのは川上で、足を引っ張るようなことはしないだろうが、味方として頼りになるかどうか。西山副社長は山本常務と一緒に会ったとき、「われわれが応援する。黙って見ているようなことはしない」と言ったが、応援する狙いは別にあるのは確かで味方といえるかどうか。いずれにしても、信念を貫こうとすれば、結果的に社長に歯向かうことになるような気がした。

「まあ、『義を見てせざるは勇なきなり』ともいうが、焦ってはいけないぞ。そういうときは、一時すべてを忘れることだな。あれこれ考えてもいい知恵は浮かばないよ。そうだ、ゴルフに熱中することだ。明日だよ。楽しくやろう」

湘南の風が高台に建つクラブハウスの中を吹き抜けてゆく。スタートを前に緑の芝生が朝日に映えるゴルフ場を眺めながら西郷と山中の夫婦はコーヒーを飲んでいた。

「今日はまた、すかっと晴れあがったね。ようし、思いっきりぶっ放すぞ」

軽く上げた右手を大きく回しながら西郷は一人気合を入れた。

「君、ぶっ放すだけではいい結果は出ないよ。まあ、思いっきり打つのはいいが」

前の椅子に掛けた山中が笑いながら言う。

「そうよ。真っ直ぐに飛ばさないとだめよ」

と、隣で山中夫人から特訓を受けた奈美が同調する。

「わかっている。それより、大丈夫かい。何といってもデビューだからね」

何を言われても悪い気はしなかった。前夜、銀座の馴染みのクラブで山中に心のうちを明かしながら飲んだのが良かった。ここ数日もやもやしていたものが抜けてすっきりした気分になっている。奈美が用意した揃いの縦縞のシャツを着ていた。

「お似合いだわ。シャツもお帽子もぴったりよ。センスがいいわ。ゴルフも奈美さんは筋がいいのよ。私よりずっと遠くへ飛ぶの」

「よし、対抗戦をやろう。うちの目標は合わせて百七十だ」

「うーん。初出場の奈美がいくつたたくかな。二百としておくか」

「何のこと。私も頑張るわ」

「二人のスコアを足した数だよ。頑張るなんて言うものではない。私も慎重にやるか」

「何を言っている。思いっきりやれ。そうしないといい知恵も浮かばない。明日の仕事につながらないぞ」

「男は何でも仕事に結びつけるのだから」

と山中夫人が笑い、奈美を誘ってパターの練習場へ向かった。西郷は二人の後ろ姿を見送りながら銀座のクラブで山中が、「ゴルフに熱中して一度すべてを忘れろ」と言ったのを思い出した。

「今日はありがとう。スタート前から気分爽快だ」

「たまに女房を連れ出すのもいいだろう」

「三日ほど前から、口を開けばゴルフのことばかりだった。今朝はまたうれしそうな顔をしていた。私の苦労などまったくわかっていないのだな。まあ、それもいいが……」

「何言っている。奈美さんは陰でいろいろ心配していると夕べ話しただろう。口に出さないのは気遣っているからだ」

山中にたしなめられて西郷は帽子を脱ぎ、髪を右手でかきあげながら苦笑いした。ふと西山副社長の言葉が頭をよぎった。朝方、出掛けに自宅へ電話すると、

「月曜日の昼には君の太陽リース社長就任が正式に決まる。対応策をその前に固めておきたいから、明日正午に高輪プリンスホテルへ来てほしい、いいね」といつもの一方的な電話だった。

西郷は首を大きく回し、帽子のつばをぐっと手前に引き「今日はゴルフだ」と自らに気合を入れた。

「さあ、そろそろ時間だ。今日はたっぷりチョコレートをいただくぞ」

山中は西郷を急かすように声をかけ、先に立ち上がった。

平塚富士見の十番スタートホールは打ち下ろしのロングで、晴れた日はティーグラウンドの正面に富士山が見える。この朝は薄霞に烟っていた。

まず、先攻の山中が軽く打ってフェアウェーのセンターに飛ばした。

「ナイスショット」

山中夫人が声をかけて手を叩く。つられるように西郷と奈美が応じた。

次いで西郷が大きく素振りしたあと力任せに打った。山中のボールを超えて遠くへ飛んだが右に大きく曲がって林に落ちたかに見えた。と、ボールが左に跳ねてフェアウェーに転がって出てきた。

「結果オーライだ」

西郷が苦笑する。

「力の入れ過ぎだよ。運は誰にも向いてくることがあるが、続いてくると思っちゃいけないぞ」

すかさず山中が言った。

「あなた、ぶっ放しはだめよ」

奈美が笑っている。

楽しいゴルフであった。芝生の上を歩きながら西郷は、果たして運は自分に向いてくるのだろうかと思った。

翌朝、西郷は八時前に家を出た。西山副社長との打合せは高輪プリンスホテルで正午となっている。その前に世田谷にある佐藤宅を訪ね、挨拶しておこうと思った。

佐藤の住所は田崎総務部長から聞いていた。小田急線経堂駅から五分ほど歩いた閑静な住宅地の中にありすぐわかった。事前に何の連絡もせず、突然訪ねた西郷を佐藤夫人は「よく訪ねてくださいました」と丁寧に出迎えた。

玄関脇の庭に面した明るい応接間に通されると、壁際のピアノの上に飾られた写真が目についた。晴れ着を着た若い女性を間に夫婦がにこやかに立っている。娘さんの成人式のあとに撮ったもののようだった。写真の佐藤は小太りで、先日会った太陽リース社長の佐藤とは別人のように明るく健康的に見えた。

「どうぞお掛けください。その写真は二年前、娘が大学を卒業したとき一緒に写したものです。主人も銀行の取締役に内定していちばん充実していたころです」

お茶椀を載せた盆を手に夫人が後ろに立っていた。西郷がソファーに掛けると、夫人は正面に座りおもむろに口を開いた。

「そのあと一年ほどして突然、子会社に出され社長になったその日から忙しい毎日で、この一か月余りは調べものがあるからと、近くのホテルに泊まり込み日曜日も帰らない日が続いて心配しておりました」

話の途中で顔を上げ、「会社で何があったのでしょうか」と問いかけた。

「今回の件は、まったく突然のことで私も驚きました。ご主人から頂いたお手紙で知ったのですが、ご主人が社長になられてすぐに会社が大きな問題を抱えていることに気づき、その調査にあたられていたことがわかったような次第です。その調査が一段落して、自分の役目は終わったと判断されたようです。海外旅行に発たれたのはかなり考えられたうえのことと思います」

と言って西郷は一息入れた。夫人はこんな通り一遍の説明では納得できないのであろう。表情を変えないままでいる。

「お目にかかったのは一度ですが、その後電話でお話を聞く機会がありました。ご主人はまじめで正義感の強い人だと思っています。いつも仕事の話ばかりで、会社の抱えた問題を詳しく調べ、何とかしたいと苦心されたようです。しかし、親会社の銀行の理解が得られず動きが取れなくなったため、あとを頼むと調べた結果を私に託し、一人旅に出られたようです。急な決断だったようで、その気持ちを誰にも明かされなかった。このため、ご主人の行動を非難しても気持ちを理解してくれる人はほとんどいない状況で、お気の毒としか言いようがありません」

「社長が社員に何の説明もしないまま突然いなくなったのですから非難されて当然です。ご迷惑をおかけし申し訳なく思っています」

と、夫人ははっきりした口調で述べたが、心からそう思っている様子はなく、唇を固く閉じ、苦情を言いたいのをじっと耐えている感じであった。

「私は元同じ銀行員で今は別の関係会社の社員ですが、今回の件については奥さんはじめご家族の方にご心配をかけ申し訳なく思っています。いずれ、総務を通じて善処したいと……」

夫人は主人への思いが込み上げてきたのか西郷の話の途中で顔を上げ、声を詰まらせた。

「一か月ほど前のことでした。夜遅く帰宅した主人が今度の仕事を早く終えて、二人で旅行したいと言ったことがあります。そのとき、突然何を言い出すのだろうと思いながら、『そうね』と軽く答えただけでした。今思うとよほどの事情があったのでしょう。仕事が辛く大変だったのでしょう。こんなことになって、あのときもっと親身に話を聞いてあげればよかったのにと後悔しています。それにしても、あんな短い手紙を送り付けて、一人勝手に旅に出るなんてあんまりです。裏切られた気持ちです。娘の結婚式が間近なのを忘れたわけでは……」

「お嬢さまの結婚式のことについてはことのほか気にかけておられ、私に宛てた手紙の中でも本当に娘にはすまないと書いてありました」

「いまさら……そのようなことを言われても何の気休めにもなりません。娘だって……」

「いや、お気に障るようなことを申し上げてすみません。今日のところはこれで失礼いたします。また、改めてお訪ねすることにしたいと思いますが、ご主人から何かの連絡がありましたら西郷が来たとお伝え願います」

丁寧に頭を下げて家をあとにした。玄関先で見送る夫人の脇でラブラドールレトリバーが両足を揃えて西郷を静かに見ていた。

駅への道を歩きながら長年連れ添った妻にも話さず旅立った佐藤社長の心境が思いやられた。もし誰かに心境を打ち明けていたら止められ、こんなことにはならなかったかもしれない。また、自殺をはかるつもりだったら誰にも話さなかったに違いない。佐藤社長の旅立ちは生死をかけた決断だったのかと改めて考えた。

「この問題が決着したら、遺跡を見る旅に出よう」

西郷は独り言をつぶやきながら空を見上げると雲一つない。ふとシルクロードを歩く佐藤社長の姿が瞼に浮かんだ。

第八章　賽は投げられた

正午近いＪＲ品川駅の改札口は乗降客でごった返していた。駅の外は晴れ上がり日差しが眩しい。人込みを抜け出た所で西郷は立ち止まり振り向いた。擦れ違い際にちらっと目にした男の後ろ姿を佐藤社長と見間違えたのであった。

高台にある高輪プリンスホテルへはタクシーを利用すると五分もかからないが、西郷は時計を見て坂道をゆっくり歩くことにした。先日、同じホテルのレストランで一緒に昼食をとった佐藤社長が品川駅へ向かって俯き加減にとぼとぼ下って行った坂道である。ホテルの玄関先で見送ったのがついこの間のように思い出された。歩きながら西郷は、人生はいつ何が起こるかわからないものだ、と改めて思った。

佐藤社長と会ったとき自分が後任の社長になるとはまったく考えていなかった。佐藤社長はいまどこにいるのだろう。もう中国入りしてシルクロードを目指して旅立っただろうか。西郷は青く晴れ上がった砂漠の道を遠くに見えるオアシスに向かって歩く佐藤社長の姿を思い描き旅の無事を祈った。

午前十一時五十分——告げられた時間より十分早くホテルに着いた。そのまま指定された部屋へ行きドアをノックすると、ガタッと音を立てて椅子から立ち上がる気配がした。ドアを開けると川上が壁際の椅子の前に緊張した顔で立っていた。西郷を見てほっとしたのか大きく息を吐いた。中央に白い布を掛けた大きなテーブルのあるこぢんまりした部屋である。

「君も呼び出されたのか」

部屋を見回しながら声をかける。川上は西郷をきっと睨みつけ、

「金庫の中身を副社長に見せたのか」

川上は挨拶もせず、きつい目で問い質した。

「うん、そうさせられたのだ。言うに言われない事情があってね」

「俺は、まだ見ていないことにするか」

「いや、私が見てもらったと言おう。そのほうが話は早く進む。今さら隠し事をしても始

まらない。これからは正直ベースでいきたい。あれこれ考えている時間はない。とにかく、思いもかけぬことが次々と起こるよ」

と言って西郷は改めて川上の顔を睨むように見た。人に何かを言うときは、事前に相手がどう受け止めるかを考えてからにしろ、と言った野村社長の言葉が頭をよぎった。

「おい、そんなきつい目で俺を見るなよ。日曜日に呼び出されるなんて初めてのことだ」

「何やかやと時間が迫っているからだろう。一気に事を運ばないといけないし、それに……」

「それに――何だ。社長はどこまで知っている」

「何も報告していない。だから、今日はどのように社長に話すかの打合せだろう」

「すると――」

川上は、目を吊り上げ険しい顔を西郷に向けた。

「そんな顔をするな。仕掛け人は私ではない。私は何があっても義を貫く」

と、そのとき、部屋のドアがすっと開いて西山副社長と銀行の山本常務が入ってきた。

山本常務の顔を見て川上は驚き姿勢を正し頭を下げた。

「やあ、休日にご苦労だ。この際、川上君にもいてもらったら話が一度に済んでいいだろうと思って来てもらった」

西山副社長が先に来て待っていた二人にねぎらいの言葉をかけたあと、西郷のほうを向いて川上を呼んだ言い訳をした。そして、ドアの外に出て二人を案内してきたホテルのボーイに食事の用意を頼んだ。

「やあやあ、せっかくの日曜日にご苦労さんです。一段落したら四人でゴルフをやりましょう」

山本常務は西郷と川上に向かってにこやかな笑顔で話しかけ、右手を軽く上げて椅子に掛けるよう促すなど気遣いを示した。しかし嫌味を感じるほどではなく、川上もその場に馴染んだ。テーブルを囲んで四人が掛けると西山副社長が笑顔で語りかける。

「川上君は西郷君と親しいそうだな」

「はい、ときどき会って昼飯を食べたりコーヒーを飲んだりしています」

いきなり声をかけられ戸惑っている川上を見て西郷は、

「社内で最も信頼できる男です。例の文書も見せ、内容を検証してもらいました」

「そうか。それなら改めて聞くこともない。私も山本常務も西郷君を全面的に信頼している。今日は、これからの段取りを着実に行うため互いに心が通じるようにしておこうと集まってもらった。銀行、東西証券の両社にとって、これから我々がやろうとしていることは極めて重要なことであり、正しいことである。自信をもって進めてほしい。いいですな、西郷君、川上君」

西山副社長は向き合って座った西郷と川上に念を押すと隣に座った山本常務に顔を向けた。山本常務は大きく首を縦に振って応えた。静かなホテルの部屋で四人の男が無言のまま頷く。「いいですな」と名前を呼ばれて念を押され二人は緊張した。先に名前を上げられた西郷は背筋を伸ばして口を開いた。

「これは正義の戦いです。果たせなかった佐藤社長の思いを晴らしてあげたいです」

「川上君の考えは――」

「西郷さんのように佐藤社長を直接知りませんが、貸金庫に預けてあった佐藤社長の文書を見せられ、その内容に驚きました。私が調べたとき説明を受けたのは加藤前副社長からでした。誤魔化されていたかと思うと腹が立ちます。太陽リースはこの際、不正を正し責任の所在を明確にすべきだと考えます」

「そうだ。そのとおりだ。よく言ってくれた。これからよろしく頼む」

厳しい表情で頷くと、西山副社長は続けて切り出した。

「さて、段取りだが、明日午前中には西郷君の太陽リース社長就任が正式に決まり、法務局への登記がなされる。早ければ十一時ごろに社長が西郷君を呼んで知らせるだろう。同時に、早急に会社を清算する手続きに入れと指示される。そこでだ。君はまず太陽リース社長就任を受け入れ、直ちに太陽リースへ行き社員を前に挨拶する。そのあと幹部職員と昼食をとり、午後しばらくして野村社長の秘書に電話して重要な報告事項がありますと社長に面談を申し出る。多分、面談は翌日の火曜日になるだろう。その場で、社長に貸金庫にあった文書の全容を明かす。その際、私も同席する。関連会社担当として事前に内容を聞いたことにする。それから、その場の成り行きを見て、川上君を呼ぶから席で待機していてほしい」

事前に山本常務と打ち合わせていたのか、西山副社長は整理されたメモを読むような口調で一気に話した。隣の席で山本常務が頷いている。

「はい、わかりました。私は社長に対し前の調査が杜撰であったとお詫びします」

川上は緊張のあまり強張った顔で神妙に答えた。

「お詫びするのはいいが、大事なことは不正を正すことだ。そのことを忘れないでほしい」

「承知しました」

「まあ、そう固くなることはない。この四人がベクトルを揃え、スクラムをがっちり組んでいることが大切だ。銀行については私がきちっと筋を通してやる。あなたたちが社長に報告される同じ時間帯に頭取に話す。また秋山の動きを封じることが重要と考えている。その点、抜かりのないようにします」

山本常務は、西郷と川上に向かって語りかけるように淡々と話した。すぐに西山副社長が大きく首を縦に振り、

「よし、打ち合わせはこれで終わりだ。今日は休日にもかかわらずご苦労であった。さあ、一杯飲んで食事としよう」

西山副社長はさっと席を立ち、部屋の隅の電話でビールを注文した。

ビールに次いで食事が運ばれてきた。ステーキをメインデッシュとした豪華なフルコースの昼食であった。西山副社長がビール瓶を右手に身を乗り出し、西郷のコップに注ぎながら言った。

「西郷君、しばらくは大変だと思うが頼むよ。私は前々から君ならできると思っていた。先に病に倒れた元社長の交代話があったとき、すぐに君を推薦した。ところが君が断ったと聞いて驚いた。それで、社長には銀行の推薦で佐藤がなったわけだが、君の扱いをどうするかと思っていたら野村社長が調査室をつくって傍に置くという。野村社長も考えたと思ったね。問題を抱えた太陽リースは一筋縄ではうまくいかない。誰にでも任せるわけにはいかないとわかっていたのだ」

「実は、私も驚きました。まさかこんなことになるとは考えていませんでした。先日、家内に前に断った会社の社長になりそうだと話したら、運が悪いのねと言われました」

西郷は苦笑いを噛みしめながら軽く応えたつもりだったが、話し終えたとき本当に運が悪いのかもしれないと思った。

「いや、そんなことはない。きっと君にとっていいことになる。前のときとは状況が違う。佐藤君が思いも寄らない働きをしてくれたおかげで、よくわからず曖昧となっていたものが明確になった。君にとって社長の仕事は楽なことではないが、やりがいのある仕事だ。われわれも応援するから頑張ってもらいたい」

「私からもお願いしますよ。男はどこかで勝負しなければならない。私は西郷さんが西山副社長と杯を交わされたときの立会人です。西山副社長が後ろにいますから心配ありませんよ」

山本常務は西山副社長の隣で大きく頷いた。


太陽リース社長就任の手続きは簡単であった。午前十一時に西郷が社長室へ呼ばれた。その場に西山副社長が立ち会い、その脇に人事部長の鈴木が辞令の入った黒塗りの箱を両手にして立っていた。

「今日付けで君は太陽リースの社長だ。よろしく頼む」

野村社長は辞令を渡すとすぐに西郷の右手を取り、厳しい目を向けぐっと力を入れた。

それに西郷は頭を下げると、無言のまま一歩下がった。

「近いうちに食事会をもとう。君にはこれからいろいろやってもらわなければならない。それで、退社としないで何らかのかたちで引き続きこの会社に残ってもらう。これまでどおり私と密接に連絡を取ってもらいたい」

「ありがとうございます。午後にも太陽リースに行き、社長就任の挨拶をします」

「うん、発言には充分気をつけたまえ」

西郷はもう一度丁寧に頭を下げた。顔を上げると、社長の隣で見守っていた西山副社長が西郷に向かって小さく頷いた。

午後一時、太陽リースの社員研修室を兼ねた集会室には百人近い社員が集まっていた。普段は衝立で適当に仕切って社内打ち合わせに使っている部屋で、正面に置かれた移動黒板の真ん中に西郷隆新社長挨拶と大きく書かれていた。これだけの社員が集まったのは前もって何らかの指示があったものと思われた。

多くの社員が集まっているのに部屋は静まり返っていた。西郷は全員が息を殺しているように感じた。

「本日、臨時取締役会が開かれ新しい社長に東西証券調査室長の西郷隆氏の就任が決まりました。これは佐藤孝之前社長が一身上の都合で辞任されたのに伴うものです。これから西郷新社長のご挨拶を賜ります。なお、前社長より突然の辞任で社員の皆様にご迷惑をかけ申し訳ないとのお手紙が私宛に届いております。それでは、西郷社長よろしくお願いいたします」

西郷を紹介したのは佐藤前社長が失踪したあと何回か会って気心の知れている取締役総務部長の田崎であった。西郷がこの朝、社長に内定しており、今日の午前中に正式に決まる予定だと電話すると、田崎は「流言飛語が飛び交っています。社員の動揺を抑えるため、決まりましたらできるだけ早くこちらにお見えになって社員に挨拶をお願いします」と声を弾ませた。

それに対し、「早ければ午後一時ごろになるでしょう」と答えると、「準備の都合もありますので連絡を待ちます」と言う。午前十一時三十分過ぎ、正式に決まったと伝えると「すぐ準備いたします」と答えていた。

「ただ今ご紹介に与かりました西郷隆です。本日の臨時取締役会で太陽リースの社長に任命されました。社長就任に当たって社員の皆さんに挨拶申し上げます。皆さん、最近の経済情勢は内外にわたってまさに激動しています。どこの会社でも突然、予期せぬことに直面し早急な解決を迫られることもあります。何かと問題も多いですが、私は明るい未来を確信して全力で取り組む所存です。皆さんも精一杯仕事に励み、また私に協力してくださるようお願いいたします。佐藤前社長とは、一回お目にかかったことがあります。社員の幸せを第一に考える責任感の強いお方でした。お辞めになって誠に残念です。先ほど田崎取締役総務部長からお手紙が届いているとの話がありましたが、辞任されたのには深い事情があってのことと思っています」

壁際に置かれた黒板の前の踏み台に上がり、田崎から渡されたマイクを右手に話した。会場はシーンと静まり、咳をする者もいない。西郷は一息入れ集まった社員の顔を見回した。社員たちは全員が突っ立ったまま西郷の顔を見つめ何を話すかと見守っている。一様に真剣な顔をしているが、その目に輝きは見られなかった。

ふと、佐藤前社長が言った言葉が西郷の脳裏を駆け抜けた——「社長に就任したその日、全社員を前に言ったのです。会社は今非常に厳しい状況にあると聞いているが、皆さんの協力を得て再建に努力したいと。それから二か月も経っていませんよ……社員のために社長らしいことを何もせず、また何の努力もしないで、突然だが会社を潰すから悪く思わないでくれ、なんて言えますか。私にも意地がありますよ」

西郷が太陽リースの社長になることは数日前に内定していた。西郷自身もそのつもりでいたが、社長に就任したとき社員を前に何を述べるかを考えたことはなかった。そんな余裕はなかったからである。

野村社長らが西郷を清算人として太陽リースを一日も早く整理しようとしていることは明白である。しかし、会社を清算する動きは、佐藤前社長の行方不明になった時点で頓挫した。佐藤が貸金庫に仕舞っておいた白封筒の出現ですべての状況が一変しようとしている。その鍵を握っているのは西郷である。西郷はここ二、三日、何としても清算を回避しようと思い巡らせてきた。

目の前に立った若い社員の一人が手帳を片手に西郷の話をメモしていた。西郷は気にかけないでおこうとその男から目を逸らした。三か月前、佐藤前社長は会社の財務内容の悪いことも会社を整理する方針が固まっていることも知らないで社員の前に立っていたのだろうか。知らなかったから何の気遣いもなかったかもしれない。「発言に注意せよ」と言った野村社長の言葉が頭をよぎった。西郷は一瞬戸惑った。真実を知り、それが重大であるとわかればわかるほど、正直な人間はその真実を隠したままでは話しにくいものである。いつか山中が言ったように、とぼける余裕は今の西郷にはなかった。といって通り一遍の挨拶で済ませるのは良くないと考えた。

「さて、本社が現在どのような状況にあるのか。私は承知していませんが、現状をあるがままに受け止め、社長としてできることに全力を尽くします」

と話し出して、もう一度社員を見渡した。メモを取っていた若い社員が手帳を手にしたまま西郷をじっと見つめている。西郷は上着の内ポケットから手帳を取り出しひろげた。そこに古い手帳から書き写した一文があった。

「最近読んだ旧約聖書にこんなことが書いてありました。一代が過ぎればまた一代が起こり／永遠に耐えるのは大地／日は昇り、日は沈み／あえぎ戻り、また昇る／風は南に向かい北へ巡りつつ、吹き続ける／川はみな海に注ぐが海は満ちることなく／どの川も、繰り返しその道程を流れる――。所詮、人間のやることには限界があり、頑張っても自分の力ではどうにもならないことがあります。また、多くの負債を抱え明日にも倒産するのではないかといわれていた会社が何かのきっかけによって良くなることもあります。私は社員の誰もが与えられた所で全力を尽くせば会社はきっと良くなると信じるものです。それではみなさん、よろしくお願いします」

西郷は軽く頭を下げて踏み台を降りた。しばらく沈黙が続いた。その様子をじっと見て、先に部屋を出て社長室へ戻った。

「力強い挨拶、ありがとうございました。社員たちは黙って聞いていましたが、心の中で社長に期待し、会社の将来に夢を抱いたと思います」

追うように西郷のあとについてきた田崎総務部長が真面目な顔で言った。

「社員は、私の話したことの意味がわかったかな。実は社長就任の挨拶で何を述べるか直前までまったく考えていなかった。社員の真剣な顔を見ているうちに何とかしようと腐心された佐藤前社長を思い出し、途中で話の内容を変えたのだが――」

西郷は立ったまま田崎と話していた。

「社長が全力を尽くすと話されたことで、社員はほっとし、何かを期待したと思います」

「何かを期待か――。それでは、あなたにはみんなに話さなかった本当のことを言っておきたい。明日から親会社にあたる東西証券と銀行のトップと会社の再建策について突っ込んだ話し合いを行います。その結果、これからどうなるかだが――事態は予断を許さない。このことは社員には明かさないでください」

「承知いたしました。決していたしません。ただ、早速ですが、会社の現状についてそれぞれ担当者から説明させたいと思います。それに関係先へも挨拶をお願いいたします」

「そうか。そうしたことは前任者と同じようにやりましょう。とりあえず今日中に財務報告を聞きましょう。一時間後にしてください。あとは明日以降になるが時間は決めないでください。それに、会社の概要がわかるような資料があったら届けてください。明日は東西証券へ行きます。当面、私への連絡、取り次ぎはすべてあなたにやってもらいたい。頼みますよ」

「承知いたしました。それでは一時間後に財務部長を案内します」

田崎が出て行くのを待って部屋を見回した。社長室といっても窓際に机が一つと入り口近くにソファーがあるだけで、前日までいた証券会社の調査室よりずっと狭かった。机の上に電話と書類を入れる木箱があった。椅子は肘掛のある大きいものだが、座り心地は良くない。西郷はまず明日、野村社長と面会する時間を決めておこうと思った。そして社長秘書に電話しようと思いながら芳江のいる調査室の番号を回していた。

「あっ、室長、新しい会社はどうですか。お手伝いに行きましょうか。先ほど人事部長がお見えになって、室長の席はそのままにしておくと言われました」

「うん、席はそのままか……。あなたに来てもらいたいが、そうもいかない。そうだな、今晩食事をしよう。都合はいいかな。よかったら、うん、ホテルオークラの桃花林を七時に予約してロビーで待っていてほしい」

「はい、そのようにいたします」

「それから、この電話を社長秘書に回してください」

「はい、電話を社長秘書に回します」

西郷は芳江の声を聞いてほっとした。会えば心が休まるような気がした。

翌日、西郷は東西証券の正面玄関前で、足を止めビルを見上げた。子会社の社長の辞令を受け取り会社を離れて一日しか経っていないのに、よその会社を訪ねて来たような気がした。玄関の敷居が高く感じられた。昨日、社長が辞令を渡したあと、「退社としないで、何らかのかたちでこの会社に残ってもらう」と言ったが、そんな言葉は今となっては何の意味もないと思った。

社長と面会する時間は午後一時で、十分あまりの余裕があった。西山副社長のことが気になった。ちょっと様子を窺おうか、として躊躇した。誰かに見られるのは良くないと思い、途中で調査室に寄ることにした。芳江とは昨夜ホテルのレストランで食事をし、「一段落したら一緒に旅行しよう」と言った。それに芳江は「連れて行ってください」と答えていた。

「部長――」

昼休みで誰もいないと思った部屋に芳江が一人でいて椅子から立ち上がった。

「夕べはありがとうございました……。今朝早くに、白封筒の書類を二部コピーしてそれぞれ別の封筒に入れてしまってあります」

と事務的に話した。

「いや、ありがとう。それでは、何も待たないで行くつもりだったが、コピーの一つを持って行こう。あの書類は取扱注意だから扱いには気をつけてね。入れておくのは……そうだ、あなたのロッカーの中がいいかもしれない」

西郷は、芳江が鍵のかかる机の中から出した茶封筒の一つを手にし、残りの一つと原本の入った白封筒を芳江に手渡した。

「それでは、ロッカーの私のカーディガンを入れている布袋の底に——」

「そうしておくれ。しばらくの間だ」

「お茶を飲まれますか」

「ありがとう。飲みたいが、時間だ。帰りはここに寄らないからね」

「忙しいのですね。昨日はありがとうございました。うれしく思いました。またお電話をお待ちします」

芳江は顔を上げたまま早口でささやいた。西郷はその目に頷くと足早に部屋を後にした。

秘書を通じて約束した午後一時ちょうどに社長室へ入ると、社長はすぐに椅子から立ち上がり、ソファーを前に立ったまま言った。

「君は、社長就任の挨拶で旧約聖書の言葉を紹介したというではないか。まあ、よく考えたものだ。空の空なる哉。すべては空しいか。会社が悪くなったのは君らのせいではないと社長が就任の挨拶で述べるのを聞いて社員はどう思ったかな」

「特に考えて話したのではありません。広い部屋に集まった社員たちのあまりにも覇気のない顔を見て、ともかく与えられたところで全力を尽くそう、と言いたかったのです」

西郷は前日、社員に挨拶した内容を野村社長が知っているのに驚いた。聞いていた社員の誰かが通告したに違いなかった。誰から聞いたのか問いたい気持ちをぐっと抑えた。

「まあ、昨日の今日で話に戦略がないのはやむを得まい。しかし君が社長としてやることは決まっている。改めて言うまでもないが、一日も早く会社を清算することだ。早急に段取りを決め着実に実行する。問題は、そのことについて社員にどう伝えるか、どう社員を説得し、混乱が起きないようにするかだ。それこそ君が与えられた場所で全力を尽くしてやらなければならない。君が米国へ行き調べ肌で感じ取ったという報告で述べたようにタイミングを誤らないで一気に事を運ぶことが望まれる。今がそのときだと思う。社長に就任して、早速私に会いに来たのはその具体策を話しにきたのか」

話しているうちに社長の表情が厳しさを増してきた。西郷が社長就任後、社員を前に述べた挨拶の内容が意に添わなかったのだろう。命令口調で、それは明らかに子会社の社長に対するものであった。社長のこれまでにない話し振りに西郷は身構えた。

「言いたいことがあったら、何なりと言いたまえ」

西郷が黙っていると睨みつけて言った。西郷はすかさず問い返した。

「この席に関連会社担当の西山副社長が同席されると伺っていましたが――」

「うん、秘書がそんなことを言ってきたが、君一人の方が君も話しやすいと思って断った」

「重要な話なので、ぜひ同席願います」

「重要な話――何のことだ。先に言いたまえ。それとも私だけで聞いてはまずいことでもあるのか」

「銀行に関係したことなので、一緒にお願いいたします」

「異なことを言うな。呼んできたまえ」

野村社長は顎を突き出し、怒りをあからさまにした。

「はい、そういたします」

西郷は、手元に置いていた茶封筒を手に立ち上がると、足早に西山副社長を呼びに行った。例のないことであった。社長室を出たところで秘書が飛んできた。西郷は無視して西山副社長の部屋へ行くと、西山副社長は慌ただしい足音を聞いたのか椅子から立ち上がっていた。

「すぐ社長室へ来てください」

「うん、時間に社長室へ行こうとしたら秘書が止めにきた。何かあったのか」

「よくわかりませんが、銀行に関連した重要な話なので関連会社担当の西山副社長の同席をお願いしますと言ったのです。すると、先に言いたまえと……。社長はご機嫌斜めです」

「よし、機嫌が悪い方がいい。相乗効果が働き、ショックも大きくなる。もちろん例の書類を持っているな」

「はい、コピーを持っています」

「コピーを取ったか。それでよい」

第九章　最初に見せたのは誰だ

西郷が社長室を出て三分も経っていなかった。西山副社長を先に中に入ると、社長は窓際に立って外を眺めており、ちらっと振り返った。

「手短に話したまえ。ここで聞く」

右側に並んで立っていた西山副社長が首を西郷に向け縦に振った。

「以前、社長が太陽リースの内容が悪くなった原因は銀行の一部の人間がろくな担保も取らずに大口の融資を押し付けていたからだ、と言われたことがあります。その事実を明確に裏付ける資料が出てきました。その資料は三部からなり、一部は当時の太陽リースの社長であった渡辺氏が銀行の大口紹介融資に疑問を抱き独自に調査されたもの。二部は、それを受け取った佐藤前社長がさらに詳しく調べ確認したものです。そして、三部は調査の裏付けとなる不動産登記簿などの写しです。調査の経緯、紹介融資の状況、その当時の銀行の担当者の名前と発言内容がきちっと記されています」

「何だと――ろくに仕事もできなかった者が残したメモみたいなものだろう。どうせ腹いせに書いたものに違いない。いんちきに決まっている」

明るい窓を背に立った社長が振り返って言った。差し込む光の陰になって顔がどす黒く見えた。西郷は続けて話した。

「社長が指摘された太陽リースを悪くした銀行の一部の人間に当たるのでしょうか。不正融資の紹介者として銀行の頭取、秋山常務の名前が随所に見られます。いんちきかどうか一度調査資料に目を通してください。川上財務部長に点検してもらいましたところ、充分な捜査資料になるとのことでした。太陽リースの社長として無視できません」

「太陽リースの社長として――。思い上がるんじゃない、そんなものは見るに及ばない」

と社長は厳しい声で怒鳴りつけるように言い放った。

「社長、関連会社担当責任者として、その資料を先に見せてもらいました。それで、これは重大な調査資料だから西郷君が直接社長に見せ報告すべきだと勧めたのです。渡辺、佐藤の二人の前の社長が、こんなことを見過ごしては会社の将来はないと命がけで調べたもののようです」

それまで無言のまま西郷の脇に立っていた西山副社長が一歩前に出て重々しい口ぶりで話した。野村社長は苦虫を噛みつぶしたような表情で、西山副社長の顔を斜めにちらっと見た。

「川上君を呼びたまえ。うん、突っ立っていないで座れ」

野村社長は苛立ちを露わにした。

「はい――」

西郷は大きな声で返事をし、社長の机の電話で川上に「社長がお呼びだ。すぐに社長室へ来てくれ」と知らせた。川上は待機していた。「わかった。すぐ行く」と弾んだ声で答えた。

電話を終えて西郷が西山副社長の隣に座ると、社長は引き続き厳しい声で話し出した。

「当時、私はこの会社の副社長をしており、直接関与していないが、紹介融資というわけでもないだろう。まあ、いろんな事情があって銀行が直接実行できない融資を、銀行が責任をもつからリース会社で代わってくれ、必要な資金は出すからと言ってきたかもしれない」

「それです。銀行がろくに担保のない物件への融資を無理に押し付けてきた経緯が記されています。そして一連の融資は犯罪行為であるとの指摘が――」

「犯罪行為だと――先走ったことを口にするではない」

そこへ財務部長の川上が足早に入ってきて、西山副社長の後ろに立った。野村社長は厳しい目を向け、

「川上君、こっちへ来て西郷君の資料の説明をしたまえ。君は内容がわかっているのだな」

「はい、その前にお詫びします。以前私が太陽リースの財務内容を調べたのは加藤前副社長を窓口にしたもので、個々の物件に当たって検証したものではありませんでした」

「そんなことは聞いておらん」

「はい、西郷社長の資料の一部は、紹介融資の内容に疑問をもった当時の渡辺社長が、物件ごとに徹底的に調べ、その結果をもとに不正を明らかにしたものです。二部はその調査資料を受け取った佐藤社長がその内容に驚き、当時の状況、調査の経緯とその後の動きを検証したものです。不正融資の額は約千五百億円になります。よく調べた機密資料です」

「そんなものが、どうしてここにある。うん、目を通す。そこに置いて出て行け」

社長の怒鳴り声に、西山副社長と川上財務部長はさっと消えるように社長室から出て行った。西郷もすぐ立ち上がり二、三歩遅れあとを追うように出ようとしたそのとき、

「君は残れ――」

社長のあまりの激しい口ぶりに西郷は足を止めたまま動けなかった。「失礼します」と

断って西山副社長の後を追おうかどうか逡巡した。振り返ると社長は俯いてテーブルの上の資料を手に取っていた。このまま外に出たら、社長との間に決定的な溝ができる。社長が手にした資料は問題を解決するための鍵で、その鍵で社長の心の扉をこじ開け、肚を割って話し合わなければいけない。今がそのときだと考えた。

西郷はソファーに戻り社長の前に静かに座った。そして時々正面の社長の姿を盗み見た。社長は険しい表情で資料に目を落とし頁をめくっている。じっとしたまま三十分あまり過ぎ、明るかった部屋が暗く感じられた。社長は手にした資料を窓に向けている。西郷は窓越しにうす雲のかかった空を眺めぼうっと思いに耽った。

社長の行動で西郷が感心することが一つあった。それは社長が報告書などに目を通すとすぐに処分することであった。抜群の記憶力があり再び見る必要はないのであった。西郷が社長の指示でニューヨークとロンドンを回ってきた際、飛行機の中で書いた手書きの報告書を渡したとき、さっと目を通すとすぐに机の脇の大型シュレッダーに投げ入れてしまった。

「ふん、佐藤君は銀行の審査部にいたことがあると聞いたがなかなかよくまとめている。まあ、当時の状況はこんなものだったのだろう」

と言って、目を通し終えた資料を手に立ち上がると、社長はそのまま机の脇のシュレッダーに三部とも放り投げた。三冊の分厚い資料を一度に投げ込まれたシュレッダーは、ガタガタと揺れながらバリバリと音を立てて噛み砕いてしまった。

唖然としている西郷に社長は立ったまま言った。

「いいか、今となってはあんな資料は存在しなかったのだ。それが結論だ。世の中は日々変化している。あんなもので君の任務が変わるようなことはない。空しいと思うな。あんなものはすべて忘れろ」

「あの資料にはコピーがあります――」

「コピー、それが何だ。君は、私を脅しているのか」

社長はまた大声で怒鳴り、西郷を睨みつけた。

「いいか、あんな資料は存在しなかったといっているのだ。君の役割は佐藤君のあとを引き継ぐことではない。佐藤君ではできなかったことを実行することだ。進むべき道を誤るな」

西郷は応える言葉が出なかった。一刻も早くこの場を離れようと立ちかけたとき、社長が目の前にどかっと座った。西郷は席を離れるタイミングを失い座り直した。

社長は睨みつけている。西郷は大きく息を吸い込んだ。

「私は、進むべき道を誤っているとは思いません。あの資料にあった紹介融資は川上財務部長が述べたように開発計画が杜撰なゴルフ場の予定地やリゾート予定地など向けの融資で、初めから開発が危ぶまれていたものです。担保は曖昧でないに等しい案件もあります。それらを銀行が百パーセント責任をもつからと当時の副頭取や担当常務が言って融資を実行させた。資料はその経緯が詳しく書いてあり、不正行為を明らかにしたものです。その人たちがいま頭取や企画担当の常務で、不良貸し付けが多すぎる、そんな会社は一日も早く清算してしまえと言っているのです。銀行のあの人たちの責任はどうなっているのですか」

西郷は、つい大きな声を出していた。

「佐藤君が同じようなことを口にしたことがある。しかし誰も問題にしなかった。いってみればあのころは異常だったのだ。今になって反省したり誰が悪かったといっても始まらない。問題はこれからどうするかだ。前向きに先々のことを考えたら、過去にあった個別のことにこだわっている時間はない。君もいつか話していたではないか。まとめて早く整理したほうがいいのだと。銀行もそう判断したのだ。私も同じ考えだ。放っておけばおくほど状況は悪くなることがはっきりした」

社長は声を張り上げ怒りを露わにした。興奮して大声を出した西郷は逆に落ち着きを取り戻し普段の話し振りと変わらなかった。

「不良資産は早く処理すべきだと私も思います。しかし、そのために会社を清算してしまうことはない。また、異常だったといって不正な行為が許されるものではありません。資料を見てそう判断しました」

「資料は存在しなかったのだ。いま君に言ったばかりだ。方針はすでに決まっている。あんなものを目にしたからと、すでに決まっている方針を変えたり考えを変更するようでは企業経営はできない」

声が震えていた。平静さを装っているが、社長は動揺していると西郷は感じた。

「銀行が当時の紹介融資の非を認めて、太陽リースの不良貸し付けの千五百億円を全額補塡償却したら、太陽リースはリース部門を中心に現状のまま存続できます。事業のいっそうの拡大もできます。社員はそのまま働けるわけです」

「君、非を認めるとは責任をとるということだぞ。相手を見てものを言いたまえ。君の置かれた立場を考えろ」

「当時の太陽リースの渡辺社長は癌に侵されて入院中です。そのあとを継いだ佐藤社長は行方も告げず家族をも捨てて海外へ行ってしまわれました。そして残った社員は会社がどうなるかと固唾を飲んで見守っています。そんな彼らに、とかく世の中は空しいものだと話したのですが……」

「よく考えたと言ったではないか」

「佐藤前社長が行方不明になる前、私に話されたことがあります。真実をどこかで明らかにする必要があると。そのときは何のことだかわからなかったのですが、資料を見てこのことだとわかったのです」

「資料——そんなものは存在しなかったのだ。何回、同じことを言わせるのだ」

「銀行の決めた方針どおり太陽リースを清算したあとに、不正な紹介融資を隠すためにやったことだと告発されたらどうなりますか。名前の出ている銀行の人たちは背任だと追及されませんか。そうなっても構いませんか」

「君、ばかなことを言うな。不良会社の清算は銀行の財務内容を結果的に良くするためだ。一部を出資しているうちの会社のためでもある。今さらそんな説明をするまでもあるまい。いいか——もう一度言うが、君の役割を忘れるな。君が今言ったような問題が起きないようにするのが君の役目だ。もういいだろう。同じこと言わせるな」

社長は再び怒鳴り声を上げ、ぷいと横を向いた。

西郷はすぐに返す言葉がなかった。無言のまま立ち上がった。とそのとき、社長の机の上の電話が鳴った。交換を通さない直通電話で、社長はすっと立ち受話器を手にした。

「はい、野村です」

社長は受話器を握ったまま姿勢を正した。社長がこのような姿勢で電話に対応するのを見るのは初めてだった。西郷は無言のまま頭を下げ、後ずさりに社長室を出ようとした。

「ちょっとお待ちください。西郷君がここにいますので確認しましょう」

西郷は足をとめた。社長は受話器を握ったまま西郷を睨みつけた。

「西郷君、君はあれを銀行の誰かに見せたか」

低い声で、鋭い槍を突き刺されたように西郷は感じた。

「私はしておりません。西山副社長にお聞きください」

それだけ答えると西郷はさっと社長室の外に出ていった。考える前に身体が動いていた。社長の対応ぶりから電話の相手は銀行の頭取に違いなかった。その場にいたらさらに厳しく追及される緊迫した空気に耐えられなかった。そのままエレベーターに乗り一階に降りた。玄関脇に芳江が立っており、駆け寄ってきた。

「西山副社長にすぐ電話してください」

一言告げると、すぐ立ち去ろうとした。

「ありがとう。うん、あなたはここでしばらく待っていたのか」

「はい、四十分余り」

四十分余りと聞いて西郷は驚いた。西山副社長は、社長室を出たあとすぐに芳江に連絡するよう指示したのだろう。社長は激怒している。今ごろ西山副社長を呼んでいるに違いない。西郷は激しい渦に巻き込まれたような気がしてきた。外に出て電話をすると予想どおり西山副社長は社長室に向かったようで席にいなかった。

午後から降り出した雨が激しくなった。西郷はタクシーに乗り太陽リースに向かっていた。社長室を出る間際に見た野村社長の険しい顔が瞼に浮かんだ。あのとき社長は電話中で、西郷に向かって何かを告げようとして話せず苛立っていた。何を言おうとしたのだろうか。それとも、もっと怒鳴りたかったのかもしれない。苦渋に満ちた顔をしていた。

西郷は改めて、この日の社長との面談を思い返してみた。社長は西郷が持ってきた三つの資料を手に取り、始めから最後の一行まで丹念に目を通した。その後、すぐに資料を三つともシュレッダーに投げ込み、「いいか、あのような資料は存在しなかったのだ。君は自分に与えられた役割を忘れるな」と激しい声で叱責した。西郷は黙ったままだった。社長の気持ちは痛いほどわかる。しかし、社長の満足する答えはできなかった。社長との間に大きな溝ができたと思う。すっと冷たい風が心の中を吹き抜けていくのがわかった。そして、ここまで来たらもう最後までやるしかないと自分に言い聞かせていた。

太陽リースに着き、社長室に入るとほっとした気分になった。社長に就任して二日目で、社内の事情もろくにつかめていないのにこの場所が心の休まる居場所になっていた。電話が一台ぽつんと置かれただけの社長机の椅子に掛け大きく息をしていると、田崎総務部長が前かがみに入ってきた。

「社長、西山副社長からお電話です。少し前にもありました。急なご用件のようです」

「ありがとう。すぐ回してください」

目の前で電話のベルが鳴った。

「はい、西郷です。いま会社に戻ったところです。こちらから電話しようと思っていました」

「西郷君、野村社長が君のことをとんでもない奴だと怒っていた。いろいろあったようだね」

「はい、何回も怒鳴られました」

「そうだったか。私から西郷君は太陽リースの社長に就任したその日に、あのような重大な内容の調査資料が出てきて気が動転したのでしょうと言ったら、ますますかっかして憤懣やるかたない様子だった。それから山本常務から電話があった。午後一番に頭取と会って、太陽リースへの銀行融資について、不正な紹介融資が多いと案件ごとに克明に記した文書が見つかった。その中には不正な融資案件を紹介し、指示したのは頭取と秋山常務であると名前が明記してあった。文書を作成したのは太陽リースの社長をしていた渡辺、佐藤の二人で、二人の印鑑が捺してあったと報告したという。頭取は黙って聞いていたが、途中で顔色が青くなったそうだ」

西郷は、大きく息を呑み込んだ。副社長の声が弾んでいるのが気になった。

「西郷君、これからが大事だ。頭取、社長に与えたショックは甚大だ。こちらは何もしなくても頭取らは動く。それで例の資料はどうした」

「社長が読んだあとすぐ、机の脇のシュレッダーへ投げ込まれました。そして、あのようなものは存在しなかったのだ、と繰り返し……」

「予想どおりだ。しかし頭取が社長を介して、原本を持って来いといってくるかもしれない。そのとき君は、もう手元にありませんと答えればよい。それで君、原本は私が預かろう。悪いようにはしない。そのほうが君も気が楽だろう」

西郷は唇をぐっと噛んだ。まったく予想もしなかった展開である。激怒した社長の顔が瞼に浮かぶ。西郷は返事に窮した。何だかとんでもないことをしでかしてしまったような気分になった。社長はどうしておられるかと思うが、今さらどうにもしようがなかった。黙っていると、電話の向こうで大きな声で呼んでいるのが聞こえた。

「西郷君――今晩、私は山田常務と打ち合わせることになっている。そこへ届けてくれないか。届けるだけでよい。今晩は、君は同席しないほうがよい。だれかが見ているかもしれない。場所は追って連絡する」

何かを話そうと思う間もなく電話は切れた。強引で一方的な話だが、断るわけにもいかない。釈然としないまま腕組みしていると、田崎総務部長が社長室の入り口に顔を出したが、西郷のただならぬ気配を感じたのかすぐ引っ込めた。入るのを躊躇した様子でしばらくしてもう一度覗いた。

「どうぞ、何かご用ですか」

「秘書の芳江さんからお電話です。社長、お疲れのようですが、コーヒーを飲まれますか」

「ありがとう。あなたとの打ち合わせがある、しばらくしてから一緒に飲もう」

この会社に来て社長就任の挨拶をしただけで、社長らしい仕事は何もしていない。とりあえず田崎の話を聞き会社の現状を知ろうと思った。こんなとき芳江が側にいてくれるといいのにと思いながら電話を取った。

「少し前に副社長が部屋に来られ、西郷君と連絡を取りたいとのことでしたので、そちらの田崎総務部長に問い合わせくださいと伝えました。それで、よろしかったでしょうか」

「ありがとう。今、副社長と話したところだ。そうだ、ちょうどいい。あなたに頼みがある。例の文書の原本の入った白封筒をそのまま新聞紙にくるんで、すぐに副社長室に持って行き直接手渡す。何も言わなくてよい。もし他の人が受付にいたら、副社長の指示ですと断って中に入るのだ。それから、もうひとつ残っているコピーを今日の夕方、こちらに届けてほしい。頼んだよ。副社長室から戻ったらもう一度電話してほしい。待っている」

芳江からタイミングよく電話があって良かったと西郷は思った。重要な書類を芳江がいきなり持って行ったら西山副社長は驚き、何か言うかもしれない。しかし、この際は原本を手にした充足感で咎めたりはしないだろうと思った。

それにしても、西山副社長が原本を手元に置きたいのはなぜだろう。銀行の山本常務が頭取に資料の内容について話したときは、原本もコピーもなかったはずである。西山副社長の言ったように頭取が資料を一度確認したいと野村社長に言ってくることは充分に予想される。

そのとき野村社長はどうするだろうか。そんなものは存在しないのだ、と繰り返し怒鳴っただけに、西郷に持ってこいとは言いにくいだろう。しかし、原本が存在する限りそれが捜査資料としていつ表に出るかわからない。この際、原本を誰の手元に置くかは重要である。今ごろ芳江から受け取った西山副社長は大きな爆弾を手にしたと満足しているだろうか。

しばらくすると芳江から電話が入った。

「渡してきました。部屋へ入ると副社長は厳しい顔で、何だと言われましたが、すぐに中身を確認され、ありがとうと伝えてくださいと言われました」

「いや、ご苦労さん」

資料の原本が西山副社長に渡ったことで西郷はほっとした。一連の主導権は西山副社長に移った。しかしコピーの一部は自分の手元にある。また、原本を作った渡辺元社長は入院中とはいえ生きている。佐藤前社長も行方知れずだがアジアのどこかにいて、そのうち帰ってくるだろう。そうした状況をいちばん知っているのは自分で、まったく関係なくなったわけではないと思った。

ドアをノックして総務の若い女性が二つのコーヒーを運んできた。田崎総務部長は電話中ですという。

机に向かって一人コーヒーを飲もうとカップを手にしたとき、田崎がドンとドアを開けて駆け込んできた。血相を変えている。

「社長、渡辺元社長が亡くなりました。たった今、奥さんから電話がありました。一時間ほど前、病院で急死だそうです。今日は朝から気分がいいと元気で、午後には銀行時代の知り合いだという見舞客と話されていたそうです。それが、夕方になって容態が急変し、急性心不全と診断されたそうです。お気の毒です。渡辺元社長はまじめなお方で、病気で倒れる直前まで会社のために働かれ、入院されたあとも会社のことを心配されていました」

田崎は涙声になっている。

「何、一時間ほど前だと――」

「はい、五時ごろです。本当にいい方で、社員の多くが尊敬していました」

「うん、一段落したらお見舞いに行こうと思っていたのに亡くなるとは……。社長就任中、会社のためいろいろ尽力されたと佐藤前社長の手紙にも書いてあった。家族も大変だろう。あなたが会社の代表としてすぐに弔問に行ってください。社葬というわけにはいかないでしょうが、社葬並みにできるだけのことをしてあげたい。お手伝いを出し、もちろん費用も。葬儀には私も出るが、よろしくお伝えください」

「承知いたしました。すぐに参ります」

西郷は、無性に腹が立ってきた。怒りがこみあげてくる。この葬儀が初仕事のような気がした。五時ごろという亡くなった時間が気になった。見舞いに来たのは誰だったのだろう。なぜこの日にと思った。

社長室で一人ぼうっとしていると、総務の女性が来て、「川上様というお方からお電話です」と言う。川上財務部長からであった。

「今日は社長、ご機嫌斜めだったね。社長の気持ちがわかるよ。怒鳴られても仕方ないが、このままでは済まないよ」

「うん、賽は投げられた」

「そうだな。もうあとへは引けない。気を弛めてはいけないぞ。五時過ぎに秋山常務の動きがおかしいと銀行の友人から電話があった」

「五時ごろに、渡辺元社長が入院先の病院で亡くなったという。今日は元気で午後に見舞客と会っていた。それが夕方になって容態が急変したというのだ」

「何だと――」

川上が大声を上げた。

「何かあったのでは、と思うが詳しいことはわからない」

「おい、今晩会おう。先に寿司屋へ行って待っている」

謹啓
白雲飛び、黄塵舞う原野に蘭が美しく咲いています。古都、西安は秋の気配で、菊の香りに望郷の念にかられます。

天の原
ふりさけみれば春日なる

三笠の山に出でし月かも
長安の土となった阿倍仲麻呂の記念碑を前に結婚式を控えた娘のことを想います。西郷さん、お願いです。娘の結婚式に出ていただけないでしょうか。
今日、秦始皇帝陵へ登ってきました。始皇帝が自分の墓の風水を見るため何度も頂上に立った所といわれ、東一・五キロの地下に兵馬俑があります。二千年の眠りから覚めた大軍団を前に足のすくむ思いでした。
西安にあと五日。夢、遙かです。いよいよ念願のシルクロードの旅に立ちます。返す返す勝手なお願いをお許しください。

敬白

西安にて　佐藤孝之

西郷隆　様

思いがけない佐藤前社長からの手紙であった。夕方、西郷宛に会社に届いたのを芳江が茶封筒に入った資料のコピーと一緒に太陽リースに届けた。

西郷は芳江から手紙を受け取るなり、その場ですぐに開封した。

「うーん、いよいよシルクロードの旅に発つか。バスで行くのだろうか。それとも列車だろうか。どっちみち長い旅になるのだろう」

西郷は手紙に目を落としたままつぶやいた。つい気になっていた佐藤の手紙に引き寄せられ目の前に芳江が立っているのを忘れていた。芳江はそんな西郷をそっと見つめていたが、

「それでは、私はこれで……」

ささやくように声をかけた。

「やっ、ごめん。佐藤さんはどうしているかと気にかけていたものだから。届けてくれてありがとう。あなたがいてくれて助かった。うん、このところ何かとばたばたしているが、しばらくしたら落ち着く。そうしたら……」

「はい、いつでも……お体に気をつけてください――」

芳江は言葉を詰まらせ、西郷の顔をじっと見つめた。芳江は会社の制服ではなく真新しい私服を着ていた。かすかな香水の匂いがして、西郷はすっと立って芳江の手をとり無言のまま頷いた。そして、丁寧にお辞儀して部屋から出て行く芳江の後ろ姿を眺めながら川上と約束しなければよかったと思った。

しかし今は一時も気を抜くことは許されなかった。西郷は椅子に座り、掛け時計を見ながら受話器をとり佐藤前社長宅の番号をゆっくり回した。電話はすぐつながった。

「あら、西郷さんですか。いま、こちらから電話しようと思っていたところです。先日はお忙しいなか、わざわざお訪ねくださりありがとうございました。実はちょっと気になる電話がありまして――」

と、一息ついたあと、早口で話し出した。

「今日、午後三時過ぎのことです。銀行の同僚だという方から電話があって、ご主人は海外旅行とのことだが、行き先がはっきりしないようだったら警察に捜索願いを出したらよい。いまは海外での捜索もできるからとおっしゃったのです。お名前を伺うのを失念したのですが、しっかりしたお話し振りの方でした」

電話の途中で、見舞客が来たあと突然亡くなったという渡辺元社長の死が西郷の脳裏を駆け抜けた。

「最初に名前を言うのが礼儀なのに――」

「それが……最初に同僚だがと言われまして、私、このところ娘の結婚式のことで頭がいっぱいでして、つい――」

「何かとお忙しいでしょう。大変ですね。それで、お嬢さんの結婚式に私も出席させてください。突然でご迷惑かと思いますが。後任の社長ということでいかがでしょうか」

西安から届いた手紙の話をしようと電話をかけたのに手紙については触れなかった。

「はい、ありがとうございます。ぜひお願いします。実は主人は海外旅行中と先方に伝えてあるのですが、結婚式に欠席するとは話していません。万一のこともあるかもしれない、と思ったりしまして――。ホテルの式場には出席のままにしてあります」

「万一、お見えにならないときは、私がお祝いの言葉を述べて杯を挙げましょう。私は、ご主人は必ず元気でお帰りになると思っています。気がかりでしょうが、それまで待ちましょう。海外旅行に出られたのは、仕事が予想以上に大変だったからで、そっとしておいてあげたい気持ちです。勝手なことを言ってすみません」

「いいえ、お気にかけてくださりありがとうございます。出発前に書き残していった手紙もありますし、私もそのように思っています。でも娘の結婚式が迫ってきますと、つい……」

「お気持ちはよくわかります。それで……結婚式の日取りはいつでしょうか」

「今度の金曜日、正午から新高輪プリンスホテルです」

「わかりました、出席させていただきます。少し早めに会場へ伺いましょう」

「お待ち申し上げます。ありがとうございます」

やさしい声であった。電話の向こうで丁寧にお辞儀をしている姿が見えるような気がした。西郷は改めて妻子への熱い思いを秘めたまま旅に出た佐藤の気持ちを重く受け止め、何としてもその意思を貫いてやりたい気持ちに駆られた。それにしても、同僚と名乗って捜索願いを出したらいいと電話してきた男のことが気になった。

男から佐藤宅へ電話がかかったのは午後三時過ぎ、加藤元社長が入院先の病院で容態が急変して亡くなったのはそれから二時間後の五時過ぎだ。

西郷は、不吉な夢を見ているような気分でタクシーに乗り、川上の待つ築地の寿司屋に向かった。

第十章　常務が自殺

寿司屋の引き戸を開けると、奥のテーブルで川上が一人ビールを飲んでいた。西郷が近づくと軽く頷き厳しい目を向ける。

「浮かない顔をしているな。もう賽は投げられたと話していたではないか。しっかりしろよ。これからが正念場だ」

川上は、西郷のコップにビールを勢いよく注ぎながら言う。

西郷はそのビールをひと口飲むと、ポケットから西安から届いた佐藤前社長の手紙を取り出し封筒のまま川上に手渡した。川上は開いてさっと目を通すとすぐに返し、

「夢、遙か――別の世界から届いたような手紙だな。これを読んで俺も夢を見たくなった

なんて言うのではないだろうな。それはまだ早いよ」

「君からの電話のあとだった。この手紙が届いてすぐに佐藤宅へ電話したのだ。すると奥さんが今日の三時ごろに銀行の同僚だという男性から電話があり、ご主人の捜索願いを出したらどうかと話したというのだ。渡辺元社長が亡くなる二時間ほど前のことだ」

「何、もしや、午後に渡辺元社長の病室を訪れた最後の見舞客と電話をかけてきた男性とは同一人物……」

「うーん、話を聞いたとき、ふとそう思ったが、ここへ着いて君の顔を見ているうちに……そんなことはどうでもよくなった。今さらそんな詮索をしても始まらない」

「そうだな……そんなことより、これからどうするかを考えることが肝心だ。目に見えないが敵は動き出している。電話でも話したが、秋山常務は頭取から何かきついことを言われたようだ。俺は知らんと喚いていたという。一連の文書を目にした社長はどうだった。血相変えて怒ったのではないか」

「目の前で読み終えるとすぐさま机の脇のシュレッダーに三部とも投げ込んだ。そして、あんな文書は存在しなかったのだと繰り返した」

「ショックだったのだろう。コピーをとっておいてよかったな……。原本はどこかに仕舞ってあるのか」

「西山副社長が今日の午後、私が預かると言ってきたので、すぐに届けた」

「えっ、西山副社長に――それですぐ渡してしまったのか」

「いきなり言われて拒否できなかった」

「う――ん……どうする気かな」

「今晩、山本常務と話すと言っていたが……」

「一気に決着をつけるつもりか――」

「頭取は秋山常務に責任を被せて決着させたいだろうが……」

「そう簡単にはいかんだろう。もしもそんなことで決着するようではたいしたことにはならない。いいか、今となっては、あとあと問題の多い清算を避けて、親会社の銀行に太陽リースの不良債権を中間決算で一挙に償却させる。それが目標だ。それしかない」

「そんなことができるかな。そうなったら大変だ。頭取も野村社長も責任を問われかねない」

「当然だ。しかし、世の中の動きを見ると、同じことをした銀行で、誰も責任をとって辞めたとは聞いたことがない」

「そうだな……どこもかしこも真相は明かされず、曖昧のまま見過ごされてしまうのだな」

「うん、しかし、しかしだ。太陽リースに関する不正融資には、二人の社長が実印を押した捜査資料が存在する。動かぬ証拠だ。今ごろ副社長と山本常務は君の渡した原本を目の前にして作戦を練っているだろう」

川上は興奮して赤く染まった顔を西郷に近づけた。その顔は険しく戦う顔であった。一瞬、西郷は後ろに身体をずらし、そこまでは考えが及ばなかったと思う。それはここ数日、ずうっと心に引っかかるものがあったからである。

「うーん、俺は、裏切り者のような気がする……」

西郷は呟いた。頭の中で一連の動きを追いながら、これで良かったのかと思う。すると、気が滅入ってたまらなかった。

そんな西郷に向かって川上が追い打ちをかけるように言った。

「何、裏切り者――。うーん、その気持ちはわからんでもないが、それは違うよ。いつまでも正義だ王道だと、そんなことを言っていてはこの世は渡れないぞ」

そのとおりだとも思うが西郷の気持ちは晴れず、「今日はここまでにしよう」と席を立った。

寿司屋を出た所で、「おい、一軒付き合え」と言う川上の誘いを「もう遅いから」と断り、西郷は灯りの消えた裏通りをとぼとぼ歩いて銀座並木通りにある行きつけのクラブに向かった。約束はしてないが、山中が待っているような気がしてならなかった。

エレベーターで四階に上がりクラブの重いドアを押し開けると、果たしてカウンターの奥の席に山中の姿が見える。西郷はほっとし、大きく息を吸った。

「ここで君が待っていてくれるような気がした」

軽く首を振って山中の隣の椅子に座るなり西郷はぼそっと口にした。

「うん、どうした。冴えない顔をして……社長業は楽ではなさそうだな。しばらく見ないうちに顔つきが険しくなっている」

山中は西郷の顔をじっと見ている。山中の言うとおりかもしれないと思う。社長になったといっても日も浅く社長らしい仕事をしていないのに、山中に指摘されるまでもなくその厳しさを痛感させられている。予想もしなかった出来事が相次いで起き、即座に的確な判断を求められる。なかでも身近に仕えていた社長と対決する立場に置かれたのが辛かった。また、渡辺元社長の急死に驚かされた。西安から届いた佐藤前社長の手紙も思いがけなく、いずれもこれから起こることの前兆のように思われた。そして、すべての出来事がどこかで西山副社長の思惑とつながっているような気がしてきた。西山副社長は前々から先を見越して何かを企んでおり、いつのまにか自分がその手先になり思いのまま動かされている。いやしくもそんなことはないと否定してみるが、結果的にそうなっている。

西山は俯いたままここ数日の出来事を訥々と話した。すると、気が軽くなってくるように感じ、ふうーと大きく息を吐いた。黙って聞いていた山中はなんだと言わんばかりに右手を握りしめ厳しい顔を向けた。

「何が君をそこまで駆り立てたのだ。正義感か、同情か。それとも憎しみか――。何はともあれ、社長に叛旗を翻したのは良くない。社長が怒ったのは当然だよ。なんとか穏便に事を運ぼうとしていたのを阻止されたのだからな。西山副社長とかに利用されたと言われるかもしれない。こう言うと君は不満かもしれないが、君はサラリーマンとしては恵まれていたほうじゃないか。役員になれなかったといって運が悪かったとも思わないよ」

長年の付き合いだけに山中は、ずばっと西郷の心中を言い当てた。西郷は何も答えられずじっと聞き入るしかなかった。確かに不満が身体中に充満している。それにしても山中がいきなり詰問調に話したのがおもしろくなかった。西郷はもっと話したい気持ちを抑え釈然としないまま「明日も早いから」とひと足早く店を出た。

家に着いたのは十二時近かった。妻は居間でテレビを見ていた。

「今日は早いのね。早いといってももうすぐ十二時だけど。何かあったの。浮かない顔して」

奈美は日常の会話で西郷の仕事を話題にしたことはなかった。何かの拍子に話題にすることがあってもついでに触れる程度で親身に話し込むようなことはなかった。この日も軽い調子で普段だったら西郷は無視するのに、なぜか心のうちに触れるものを感じ振り返っていた。「何かあったの」という言葉が一瞬耳に優しく聞こえた。そのとき銀座のクラブで一人飲んでいた山中が西郷の顔を見るなり「社長業は楽ではなさそうだな」と言ったのが頭をよぎったからかもしれない。そしてそれまで考えてもいなかったことを漏らした。

「社長になったばかりだが、辞めたくなった」

それは西郷の本音であった。だが、男として口にしてはいけない言葉だとすぐ思い直し大きく息を吸った。すると奈美は間をおかず、さらっと言った。

「なりたくてなった社長ではないのでしょ。好きなようにしたら」

まずいことを口走ったと思った直後だけに、この妻のひと言はあまりにも素っ気なく聞こえた。西郷は途端に不快な気分になった。妻の言っていることは的を射ており間違っていない。しかし、男にはやりたくなくてもやらねばならないことがある。辞めたいと口走ったのは辞めようにも辞められないからであった。妻はその苦しみをまったく理解していないと思った。西郷は妻にもっと優しい言葉を期待したわけではなかったが、あまりに素っ気ない言い草に唖然としたのであった。そんな妻の心情を疎ましく感じながら、つい心にもないことを口にした。

「自由の身になって、一緒に海外旅行をしようか」

「そうね」

妻は軽くかわし顔も向けず部屋を出て行った。

西郷は肩透かしを食らった感じでソファーにどかっと座った。一日の出来事を振り返りながら、ここでばたばたしても始まらない。身の回りに起こったこと、これから予想される出来事を見極めて慎重に対処することが肝心だ。そして、さしあたって何をすべきか考えると、社長就任の挨拶で初めて目の前にした多くの社員の顔、白い髪が透けて見える頭を下げて隣りに立っていた田崎総務部長の姿が目に浮かんでくる。また病院で急死という渡辺元社長、問題の文書を銀行の貸金庫に預け、後の処理を頼むと手紙に認めてシルクロードへ旅立った佐藤社長、二人の気持ちを叶えてあげたいと思う。よし、しっかりやろうと呟いて居間を出た。布団へ入ると芳江の顔が浮かぶ。するとと気が休まりすうっと眠りについた。


翌朝、いつもより三十分早く八時前に出社した。総務の一部の女性社員が出勤しておりすぐにお茶を入れてきた。朝日が差し込む窓に顔を向けていると、ドアをノックして喪服姿の田崎総務部長が社長室の入り口に立っていた。

「社長、おはようございます」

振り向くと丁寧にお辞儀して入ってきた。

「よろしいですか。先ほどからお考えのようでしたが……報告いたします。渡辺元社長のご葬儀は明日午後一時から、自宅近くのお寺で行われます。今晩のお通夜も同じ所です。社長のご指示どおり執り行います。その旨ご遺族の方にお伝えいたしましたところ、大変恐縮されておりました。それで、どなたかお別れのお言葉を頂戴したいとのことです」

西郷がすぐ椅子から立ち脇のソファーに向かうと田崎は今一度深く頭を下げた。

「朝早くからご苦労様。さあ掛けなさい。明日の葬儀には私も出ますが、あなたは渡辺社長のことをよく御存じですね」

「渡辺社長には四年間お仕えいたしました。立派な人格者で社員から信頼されておりました。それが、三年目ごろからときどきお体の不調を訴えられるようになられました。それでも毎日出社され一日も休まれませんでした。高卒の私を役員に抜擢してくださり本当に……」

「そうでしたか。あなたが社員を代表してお別れの言葉を述べてください。お願いします」

「私でよろしいでしょうか」

「あなたがいちばんふさわしいと思います。社員も喜ぶでしょう」

「はい、ありがとうございます」

田崎はハンカチを目に当て下げた頭をなかなか上げなかった。すっかり薄い髪が白くなったのを見ながら、この人たちのために会社を守らなければいけない、そのためには野村社長と対決してもやむを得ないと思った。

田崎が部屋を出ると同時に机の上で電話のベルが鳴った。西山副社長からであった。

「おはよう。山本常務と話し合った結果を話すから昼に高輪プリンスホテルに来てほしい。前と同じ部屋だ、いいね」

「はい……」

何かひと言話そうとする前に電話は切れていた。山本常務と話し合った結果とは、佐藤前社長から託された文書の扱いであろう。どうするかは西山副社長に渡した段階で二人の判断に委ねられている。とはいえ文書は自分の会社に関するものだ。西郷は受話器を握りしめた。結果を話すとは何かと思いを深めながら受話器を置くと、待っていたのかすぐにベルが鳴った。野村社長の秘書からであった。

「社長がお呼びです。十一時ごろ本社に来てください」

朝の挨拶もなければ、相手の都合も聞かない、以前と同じ一方的な話し振りであった。

「おはようございます。本社の社長はお忙しいでしょうが、うちの元社長が突然亡くなりまして、午前中その打合せをしなければいけないので、午後二時ごろにお伺いしますとお伝えください」

西郷は丁寧に話した。社長の呼び出しの時間を遅らすのは初めてだった。葬儀の打合せは田崎総務部長に任せると伝えて終わっているが、西山副社長の呼び出しをずらすわけにはいかなかった。

西郷は早めに会社を出て、十一時四十分ごろには高輪プリンスホテルへ着くと、その足で指定された部屋へ行った。まだ誰もいないと思いいきなりドアを開けると、入り口近くの椅子に掛けていた男がさっと立ち、振り返った。川上であった。

「おはよう。秋山常務が今朝方の役員会を欠席して、都内の病院に入院したそうだ。それで役員会の進行役は山本常務に代わったという。何か起こると思ったが……」

川上は緊張した顔で早口で話す。

「更迭か――。うん、状況は差し迫っているようだな……」

西郷が一息ついて何か話そうとしたとき、ドアの外で咳払いがした。西山副社長が前屈みの姿勢で入ってくると、そのまま二人の前の椅子に掛けた。

「やあ、忙しい中、急に呼び出して悪かった」

と言って顔を上げた。そこへ弁当が運ばれてきた。

「今日は簡単な弁当にした。それで、昨晩、山本常務から聞いた話をする。太陽リースの融資については、かねてから銀行内でも問題になっていたというが、今度の中間決算で太陽リースへの融資千五百億円相当を全額放棄し、引き当てを行うことが決まったそうだ。また当時の融資担当責任者であった秋山常務は責任をとって本日付で企画担当から外れた。いずれも頭取が今朝の役員会で述べ、承認された」

西山副社長は淡々と話し、西郷と川上は姿勢を正して聞き入った。何か起こるとは思っていたが、急な決定に驚きを隠せなかった。西山副社長は二人の顔をじっと見つめたまま一息入れると大きく頷いて言った。

「それで西郷君、関連会社担当として指示するが、太陽リースは銀行の債権放棄と同時に千五百億円相当の不良債権を全額償却する。すぐに検討に入りたまえ。例の文書に書いてあった不動産などの融資を償却すれば太陽リースは健康体だ。新しいリース分野の拡大もできよう。川上君も協力してもらいたい。以上だ。さあ、弁当をいただこう。うん、ついでに言っておくが、銀行で関連した人事があり、何かとあれこれ言う者がいるかもしれないが、気にすることはない」

西山副社長に促され、西郷と川上は無言のまま弁当の蓋を取った。

食事が終わると、次の予定があると言って西山副社長は出されたコーヒーも飲まず席を立った。西郷と川上は立ち上がって見送った。

「次の予定か——俺は二時に社長に呼ばれている。午前中だったのをずらしたので遅れないようにしないといけない」

いったん座った西郷はあとを追うように席を立とうとした。

「慌てるな。まだ一時前だ。コーヒーを飲んでから一緒に出よう、社長も思わぬ展開に驚いているだろう。まったく風雲急を告げる動きだ」

コーヒーをひと口飲んで、二人は一緒のタクシーに乗った。西郷は社長の気持ちを思いやった。激怒している顔が目に浮かんだ。

「今朝の銀行の動きは社長の耳に入っているだろう。知らない振りをして会うか……」

西郷は独り言のように言った。

「そうだな。社長の出方次第だが、君から切り出すことは避けたらいい。一連の発端は君だが、ここまで来たら受け身がいい」

川上は慎重な口ぶりで話した。

「そうか——」

会社の前で二人同じタクシーから降りるのを社員に見られてはまずいと、川上は五百メートルほど手前で降りた。

午後二時十分前に社長室に行くと、ドアの前で秘書が立っていた。

「社長がお待ちですよ」

と言って社長室のドアを開け、「西郷さんがお見えになりました」と大きな声で告げた。

社長秘書が予定の時間前からドアの外で待っているのは珍しかった。

「西郷です。遅くなってすみません」

一声かけて入ると、社長は一人机に向かって広げていた経済雑誌をゆっくり閉じ、西郷の顔をうつむき加減に見て立った。何か考えごとをしていたのか、どことなくぼうっとした様子でいつもの凛々しい表情はどこにもなかった。気のせいか、しょぼしょぼした目に涙が滲んでいるようだった。

「渡辺元社長が亡くなったそうですね。葬儀に私の名前で生花を出しておきました」

社長は静かな口調で話しながらソファーに掛けた。

「ありがとうございます。急な死に驚いています」

西郷がお礼を述べると、社長はさっと背筋を伸ばし、人が変わったような厳しい声でびしっと聞き質した。

「ところで、今日ここへ来てもらったのは、一つ聞いておきたいことがあってね。君は、例の文書、私にはコピーだったが、あの資料を最初に誰に見せたのだね」

「川上財務部長です。佐藤前社長から重要な資料を銀行の貸金庫に預けてあるから見てくださいと手紙で依頼があり、その内容に驚き、中味を吟味すべきだと考えました」

咄嗟に答えた。事実であったが、社長にコピーを見せたのは配慮に欠けていたと思った。

「誰よりも先に、私のところへ原本を持ってきて見せてくれれば、その後の展開も変わっていた。こんなことになったのはすべて私の責任だと思っている」

静かに話す社長に向かって、西郷は無言のまま深く頭を下げた。何かを話せば怒鳴られると思い頭を下げたままじっとしていた。しばらくして、

「もうよい、終わったことだ」

ひと言口にすると、社長はすっと立ち西郷に背を向けた。西郷はその背に向かって、「気遣いに欠けておりました。未熟者で申し訳ありませんでした」と再度頭を下げ、そのまま逃げるように社長室を後にした。西山副社長の指示に従ったとはいえなかった。


新高輪プリンスホテルの一階ロビーは結婚式の客と見られる着飾った男女であふれていた。西郷はその中をくぐり抜け案内の結婚式場に行き、受付を済ませるとその足で佐藤家の控室に顔を出した。佐藤夫人はすぐ西郷に気づき丁寧に迎えた。西郷は挨拶を済ませると佐藤夫人を部屋の隅にいざない西郷宛に西安から届いた手紙をそっと手渡した。

「ご主人はお元気です。今ごろシルクロードを旅行中で、遠くから結婚式を見守っていらっ

しゃると思いますよ。ご出席の皆様へは、私から本日の結婚式に出る予定であったが海外旅行中に止むに止まれぬ事情が発生して間に合わなくなった。娘さん思いで、本日の結婚式を心待ちにしておられたのに誠に残念ですと述べましょう。それでよろしいですか」

佐藤夫人は、西郷宛の手紙を食い入るように読んだ。

「温かい心遣いありがとうございます。今日は予定していた時間より早くホテルの式場に着きまして、いまにも駆け込んでくるのではと思っていました。この手紙を読んでも、どうして遠い旅に出たのか、またどうして帰ってこないのかよくわかりません……。挨拶をよろしくお願いします」

西郷は無言のまま頷いた。娘の結婚式を前になんの言葉も残さず旅立った佐藤の気持ちを改めて思った。その理由を知りながら家族にも話せない自分が歯がゆかった。西郷は結婚式に次いで、披露宴でも佐藤夫人の隣の席に着きホスト役を務めた。出席者は八十人余り、新郎新婦の笑顔が明るく輝いて見える素晴らしい華燭の典であった。

披露宴の華やいだ雰囲気の中で、西郷はテーブルの真ん中に灯った蠟燭の炎を見つめシルクロードの旅に出た佐藤を思った。見たこともない西安の情景がつぎつぎと目に浮かんできて、そのうち自分も西安の旅に出たい気持ちに駆られるのだった。

西郷が結婚披露宴を終え親族と挨拶を交わし、式服のまま日本橋の太陽リースに着いたときは午後四時過ぎであった。社長室で自宅から持ってきた普段の背広に着替えようと上着に手を掛けたときだった。一足先に帰っていた田崎総務部長が式服姿のまま飛び込んできた。

「社長、大変です。中国を旅行中の佐藤前社長が今朝方、乗っていたバスの事故で亡くなったそうです。社長の帰られる少し前、奥さまから電話がありました」

「なんだと、娘さんの結婚式で挨拶をしてきたところだぞ」

「外務省から連絡があったそうです。乗車していた西安から柳園へ向かう路線バスが綿花を積んだ大型トラックと衝突事故を起こし、多数の死傷者が出て、佐藤前社長の死亡が確認されたというのです」

「柳園——」

「新疆ウイグルへ向かう列車の途中駅の近くだそうです。西安から東五十キロの所で、この時期には収穫した綿花を満載した大型トラックがスピードを出して走ることが多いそうです」

「なんということだ。白雲飛び、黄塵舞う原野に蘭が美しく咲く、夢、遙か、か……うーん、多分、奥さんが明日にも現地に赴かれることになるだろう。あなたも同行してください。特別な手続きがいるでしょう。すぐ連絡をとって準備しなさい」

西郷は命令口調で強く言った。田崎は驚き一瞬顔を上げて西郷を見たが、その厳しい表情に、

「はい」

と、姿勢を正した。

「便利になったといっても、行き先は中国のシルクロードの入り口だ。旅行社の思うようにいかないことがあるかもしれない。それに現場に着いたあとすぐに帰国する強行軍となる。身体に気をつけて行ってきてください」

「はい」

田崎は緊張した顔で頭を下げた。髪の毛の薄くなった田崎の頭を目の前に、西郷は田崎にはあまりに厳しい役目だと気づいた。

「それで、若い課長クラスを一人連れて行きなさい。連絡など事務的な仕事や奥さんの面倒など全部やらせたらいい。社長命令だといってすぐに指名しなさい。また思わぬ出費があるかもしれません。総務に準備させなさい」

「はい、承知しました。ご配慮ありがとうございます」

よほど緊張したのか、田崎はまっすぐ下に伸ばした両手を式服の袖口で固く握りしめていた。

「ご苦労ですが、よろしく頼みます」

その姿を見て西郷は頭を下げた。

西郷は一人になって無性に腹立たしい気持ちに襲われた。社長になって間もないというのに元社長、前社長が相次いで亡くなるのは偶然とは思えなかった。机に座って佐藤前社長の自宅へ電話しなければと思うが、なかなかその気になれなかった。じっとしているとバスの窓からひとり荒涼とした砂漠を眺めている佐藤前社長の姿が瞼に浮かんできた。そして、そもそも海外旅行なんかに出かけなければよかったのにと思った。

佐藤前社長がシルクロードへの旅を思い立ったのは西郷が世界遺産を見て回りたいと夢を語ったのがきっかけだと書いて成田空港で投函した手紙が机の中に仕舞ってある。それを思うと西郷は、佐藤前社長の果たせなかった夢を代わって実現してあげたい気持ちになった。太陽リースは清算を免れそうな状況になっている。その目途がついたらすぐにも旅立ちたい気持ちに駆られるのだった。

時計を見ると午後五時を回っていた。さて、どうするかと考えるが、ぼうっとしていて何事も手につかない。机の上に置いてある新聞を広げ眺めていると、机の上の電話が鳴る。総務の女性が驚いたような声で西山副社長から急ぎの電話だという。

「西郷君、秋山常務が死んだ。自殺のようだ。体調を崩したとかいって都内の病院に入っていたのだが、東京地検から事情を聞かれていたようだ。いいか、慌てることはない。何があっても驚くことはない。ただ、マスコミには気をつけろ。何かを聞かれても余計なこと、関係のないことは一切しゃべるではない」

「はい――」

西郷は受話器を握りしめていた。

「わかったな。また、連絡する」

「一件、こちらからお知らせすることがあります。佐藤前社長が今朝方、中国の西安の近くでバス事故に遭い亡くなったと、外務省から今日の夕方、自宅に連絡が入ったそうです」

「なんだと、バス事故――」

「はい、シルクロードを旅行中で、乗っていたバスが大型トラックと衝突して多数の死傷者が出たようです」

「そうか……不正融資を告発した二人の社長が死んだか。気の毒なことだ。家族の方も驚き悲しんでおられるだろう。二人とも前社長だ。会社としてできるだけのことをやってあげたらよい。まあ、事件の進展には影響しないだろうが」

「総務部長を現地に行かせます」

「うん――」

電話はそこで切れた。西郷は事件の進展には影響しないだろうと口にしていた副社長のひと言が気になった。そして昨日、社長が「あの資料を最初に誰に見せたのですか。私のところへ原本を持ってきていたらその後の展開も違ったでしょうに」と厳しい表情で話したのが思い浮かんだ。社長の所へ最初に持って行ったら、その場でシュレッダーにかけられ、その後の展開はなかっただろう。秋山常務も死なずに済んだかもしれない。しかしそれでは二人の社長の苦労は報われない。今さらそんなことを考えても始まらない、そのうち何だかやりきれない気分になり、一日も早くけりをつけて旅に出たいと思うのだった。

あれやこれや思い巡らしているとまた電話のベルが鳴った。受話器を取るなり、川上が慌ただしく話す。

「おい、聞いたか。秋山常務に何かあったらしいぞ」

「病院で自殺したようだ」

「何だと、自殺——本当か」

「今少し前に聞いたばかりだ。こんなことになるとは予想もしていなかった。その前に連絡があったのだが、前の社長の佐藤さんが今朝方、中国でバス事故に遭い亡くなった」

「えっ、中国でバス事故——」

「外務省から自宅に連絡があったという。こちらは事故で事件とは関係ないというが、残念でやりきれないよ」

西郷は大きくため息をついた。

「気の毒なことだ。何かと大変だね。うん……君、いま事件とは関係ないと言ったな。事件とは何のことだ」

「よくわからない。秋山常務は都内の病院へ入っていて、東京地検の取り調べを受けていたという」

「誰から聞いたのだ。すると特別背任の疑いか。金額が大きいから裏で何かあったかもしれないが、そうだとすると大変だ」

「おい、勝手に推測してはいけないぞ。聞いたのは西山副社長からだ。何が起こっても驚くな、マスコミには関係のないことはしゃべるなときついお達しだ」

「わかった。するとうちも危ない。書類の整理をしておこう。君の所も捜査されるかもしれない。あいまいなものはすぐ処分するのだ。経理の者に伝えておいたほうがいい。急げ――」

と、川上は大声で話し電話を切った。西郷はすーっと立ち上がった。手元の時計が狂ったように回り出した感じであった。

「あなた大変よ。銀行が捜索されるのだって。テレビのニュースよ。早く早く――」

居間で奈美が叫んでいる。西郷は奈美の声を布団の中で遠くに聞いていた。枕元の時計の針は午前六時を指している。いつもの起きる時間より三十分早かった。

今朝になって何かの動きがあることは昨日のうちにわかっていた。東京地検の取り調べを受けていた秋山が入院先の病院で自殺したとの噂が流れた夕方から夜にかけ銀行も東西証券もいつ家宅捜索があってもいい態勢をとるなど緊迫した空気に包まれた。太陽リースも川上の電話を受けて書類の整理、点検を指示していた。奈美の声を耳に慌てることはない、と西郷は布団の中で繰り返した。

「常務の秋山さん、自殺されたって――」

銀行の捜索のニュースと関連して秋山の自殺も伝えられたのだろう。奈美はよほど驚いたのか、朝刊を手にドアを開けて寝室の入り口に立っていた。このようなことは結婚以来初めてだった。西郷はベッドに横たわったまま首を上げ、黙って頷いた。

「知っていたの、あなた――」

「昨日の夕方、西山副社長から会社に電話があった。その直後、うちの会社も捜索されるかもしれないと言われ、夜遅くまでばたばたしていた。常務は体調を崩して病院に入院していたそうだが、詳しくはわからない」

「そうだったの。元常務となっているわ」

奈美は知っていながら話さなかったことにこだわっている感じで、言ったあと顔を背けてしまった。

「数日前に常務から外れたと聞いたが……」

「今朝の銀行の捜索とも関係があるの」

奈美は、広げた新聞を読み直している。秋山は西郷と銀行の同期で、結婚する前奈美と付き合いがあった。その件については、西郷は胸の内にかたくしまい、とりわけ二人の間では口に出して話さないようにしていたが、いち早く役員になり何かと羽振りの良い秋山はいつになっても気になる存在であった。西郷は朝刊を手に動揺を隠さない奈美の態度に不快感を覚えた。

「もう銀行のことはわからない。私は自分の会社のことで頭がいっぱいだ」

と、つい声を荒らげた。

「自分の会社って、銀行の子会社でしょう」

「何を言う。子会社であろうが孫会社であろうが、その会社の社長となったら、そこで働いている人たちを守るのが社長の役目だ。また親会社だから何をやってもよいということはない。不正を行えばいつかはばれる。それに法律に触れることをした者を役員だからと会社がかばうような時代でもない」

子会社と嘲るような奈美の言い方に西郷はついかっとなり、言わなくてもよいことまで口にしてしまった。すぐ奈美が突っ込んで聞いた。

「そんなに怒った言い方をすることはないわ。秋山さんが何か不正を働いていたってこと」

「銀行のことはわからない」

西郷は不快感をあらわに同じ言葉を繰り返した。奈美は「忘れられない人だったのに」と独り言のようにつぶやき、そっぽを向いて部屋から出て行った。

居間のテレビの音が聞こえる。銀行が捜索されるのは大ニュースなのだろう。テレビや新聞を見なくてもニュースの内容は見当がつくが、関連会社の社長として無関心でいるわけにゆかない。動揺している社員もいるだろう。早めに出社しようと急いで着替えていると、夜中に連絡があるかもしれないと思い、居間の電話を切り替えておいたベッド脇の子機のベルが鳴った。山中であった。

「おう、大変だね——。テレビのニュースを見たよ。憎き男は自滅したようだね。君も心が晴れただろう。しばらくは大変だろうが、新たな出発だと思えばよい」

冷静に話す山中の声を聞いて、西郷は奈美との不機嫌な会話で苛立っていた気分が収まり、落ち着きを取り戻した。

「これですべて決着しそうだ。一段落したら社長を辞めて学校へ行く準備をする。考古学を勉強するのだ。その前に旅に出たい。人生のリセットだ」

「旅に出る、人生のリセット――。馬鹿なことを口にするな。それでは中国で死んだ前社長と同じではないか。これは大事件だぞ。前の二人の社長が何とかしてやろうとしてできなかったことを成し遂げる。それが君の務めだ。こうなると銀行の頭取の辞任は時間の問題だ。すでに特別背任の疑いで調べられているかもしれない。君の面倒を見てくれた証券会社の社長もわからないよ。それだけ君の投げた爆弾の威力は強烈だったということだ。もうごまかしはきかない。行き着く所まで行くよ。それも証拠がはっきりしているので収束するのは早いだろう。君は社長としてやるべきことに取り組むべきだ」

山中は、厳しい口調で捲し立てた。

「旅に出るのは一段落してからだ。今自分のやるべきことはわかっているつもりだ。リース会社は、これを契機に立ち直ってほしい。そうしないと亡くなった二人の社長の苦労が報われない。ただ、頭取や社長が辞めても銀行や証券会社が潰れるようなことはないだろう。そのあとがどうなるかについてはあまり関心がない」

「うーん、君、個人としてはね……。でも、それでは証券会社の社長への思いやりに欠ける。そう思わないか。人生は長い。一時の思い込みで事を運び、あとで後悔するのは良くない。

ここは冷静に考えるんだね」

電話の向こうで話している山中の息づかいが伝わってくる。西郷は親身に語りかけてくれる山中の心遣いがうれしかった。

「いろいろありがとう。よく考えるよ。うん、今から会社へ行く。じゃ、これで」

断って受話器を置くと、すぐにベルが鳴った。川上からであった。

「起きていたか。予想どおりの動きになったね。今朝、会社の玄関口で捜査員とばったり顔を合わせた。それで、部屋の机の椅子に掛けていると、まもなく捜査員が来てよく整理されていますねと皮肉を言われたよ。玄関口で顔を合わせた捜査員だ。君の会社にも出向いていると思うよ。早めに出社したほうがいい。まあ、何か聞かれたらわからないととぼけるんだね。相手はプロだ。油断してはいけないぞ」

「今から出かけるよ。何だか慌ただしいな」

「うん、銀行は山本常務が一気に主導権を掌握したようだ。前々から体制を整えていて機に乗じて攻め込んだ感じだね。その点は西山副社長も同じだ。そういってはなんだが、野村社長は脇が甘かった。銀行の頭取や秋山常務と気脈を通じて穏便に事を運ぼうとしていたのだが、二人ともあっさりこけてしまった。それに……」

「なんだ、身近にいる腹心の部下に裏切られたか――」

「そんなことは言わないよ。もし社長がそう思っているとしたらたいした経営者ではない。佐藤前社長の段階でしっかり手を打つべきだった。そもそもあんな資料を銀行の貸金庫に残されたのが間違いだった。……うん、社長に呼ばれている。あとでまた電話する」

西郷は、川上の冷静さがなぜか気になった。食堂へ行くと、いつもどおりパンとサラダとコーヒーの食事が用意されていた。奈美は銀行捜索のニュースが気になるのか居間でテレビを見ている。コーヒーをひと口飲むとパンには手を付けず慌ただしく家を出た。奈美は無言のまま見送った。その態度にいつになく腹立しい思いに駆られた。「忘れられない人だったのに」と口にした奈美の言葉が胸に刺さっていた。

太陽リースに着くと、数人の捜査員が経理を中心に書類を点検していた。社長室へ入ると、すぐ総務課長がおどおどしながら入ってきた。

「部長が不在で、どうしたらよいか戸惑っています」

と、正直に話す。

「突然で、みんな驚いているでしょうが、慌てなくてよい。特段のことはないと思います。終わるまで私はここにいます。普段どおり仕事をするよう伝えてください。しばらくして一段落したら女性社員にお茶を出すように言いなさい」

と言って席に着いたものの落ち着かない。朝方、相次いで自宅へ電話してきた山中と川上の言葉が思い出される。山中が社長への思いやりに欠けるといったのが気になる。佐藤前社長の託した資料を西山副社長に見せなければこんな事態は避けられたかもしれないと、改めて考える。そうすれば、こんな騒ぎは起こらず、また秋山も自殺しなかっただろうと思うと、今朝方いつになく動揺した妻の顔が思い浮かんだ。自分と結婚したあとも最初に好きになった大切な人として秋山をずっと忘れないでいたのかと思うと、忌々しく不快感に襲われた。そのうち芳江に会いたい気持ちになる。今の自分の心のうちをわかってくれるのは芳江だと思う。芳江に電話して社内の様子を聞いてみようと受話器に手を掛けたときベルが鳴った。そこへ総務の女性が顔を出し、西山副社長からですと知らせた。

「はい、西郷です。おはようございます」

「おはよう、君の所へも来ているようだね」

「はい、数人」

「わかっているだろうが、慌てることはない。こちらもたいしたことはない。午前中に終わるだろう。捜索は不正融資と特別背任の疑いだというが、容疑が絞られているので心配しなくてよい。ただ、野村社長は相当ショックを受けているけれどね」

「急なことですが、何があったのでしょうか」

西郷は、とぼけた声を出した。

「前々から調べていたようだ。それが……」

「例の、お渡しした――」

「あの資料のことはもう忘れてよい。なかったことに、いや、君は知らないことにしたらよい。万一、聞かれるようなことがあっても知らないと言えばよい。いつか証拠資料として出てくるかもしれないが、君には関係のないことだ。まあ、近いうちに決着する。そうしたら、いつかの約束どおり四人でゴルフをしよう。これで太陽リースは大丈夫だ。君はよくやった。自信をもって経営に当たってほしい」

「――」

何かを言おうと思っているうちに電話は切れていた。西郷は無性に腹が立ってきた。資料のことは忘れてよい、知らないことにしたらよい。君はよくやった。自信をもって経営に当たってほしい。いったいなんということだ。怒りが込み上げて、我慢ならない気持ちで立ち上がっていた。野村社長に会いに行こうと思う。けじめをつけるときだ、西郷は心に繰り返していた。

終章　夢、遙か

　夕暮れどき道路が混んでいたため、約束の時間ぎりぎりになり駆け込むようにして社長室へ入った瞬間、西郷はいつになく社長室の薄暗いのに驚いて立ちすくんだ。天井の灯りはついているのにおかしいと思いながら、正面の机に両手を乗せ西郷を見据えている社長の顔が黒く見え慌てた。

「社長、部屋が暗いですね」

「この時間帯は、急速に日が陰ることがある。君は明るい外から急に入ってきたのだろう。私の顔も暗く見えたかね。電灯はついている。灯りは普段と変わらないよ。まあ、変わったのは私の立場かもしれない」

社長は沈んだ声で語りかけた。西郷はその滅入った表情に息を呑んだ。

「会社を去ることにしたよ。先ほど西山副社長に伝えたところだ。銀行では山本常務の頭取就任が内定したという。つぎの頭取候補の本命とされた秋山常務はもうこの世にいない。ふと目を逸らした間に舞台が暗転して意外な場面に変わっていた。これからは君らの時代だ。私からは何も言うことはない。好きなようにやりたまえ」

社長は椅子にきちっと座ったまま西郷を見据えている。西郷は改めて姿勢を正し、一歩前に出て深く頭を下げた。

「社長、本日をもって太陽リース社長を辞任いたします。大変お世話になりました。私が今日まで働いてこられたのは社長のお陰と感謝しています。辞表をこの場で受理してください。お願いです」

声が震えていた。背広の上着のポケットから用意してきた辞表を手に前に進み、社長の目の前に差し出し、もう一度深く頭を下げた。

野村社長は西郷をじっと見つめたままひと言も発しなかった。西郷は俯いたまま社長室をあとにし、足早に歩きエレベーターに乗った。

玄関先でふと立ち止まり、振り返って正面の壁に掛けられた大時計を見上げた。秒針がぴんぴんと生きもののように着実に動いている。時計は止まっていない。西郷は時計の文字盤をじっと見つめ、自分の人生もここで止まることはないと心に誓った。会社に向かう車の中で、いつもより早く出社し、玄関の時計が止まっていると錯覚した役職定年となった日の朝、だれもいないと思った部屋に一人いて、出迎えた芳江を想った。会社に着くとすぐ芳江に電話した。

「今日のうちに話したいことがある。総務部長と食事をしたあとになるが、十時ごろ、遅い時間ですまないが帝国ホテルのロビーにいてほしい」

「はい、お待ちします」

いつもの芳江の声に西郷はほっとした。

午後六時。社員のざわめきが集会室の空気を乱していた。広い部屋は照明の数が少なく、外に面したガラス窓に室内の人だかりが黒い影となって映りうごめいて見えた。半年前、西郷が社長就任の挨拶をしたときとほぼ同じ人数が集まっていた。

「皆さん、ご苦労さま。西郷社長が全社員に重要なお話をしたいということで、緊急に集まっていただきました。ご清聴願います」

中国から帰ったばかりの田崎総務部長が旅の疲れの残った身体を左右に揺すりながら大きな声で呼びかけた。東京地検の捜索があったばかりだけに社員の間に緊張感が漂っており、ざわめきはすぐ静まった。

壁際に置かれた小さな踏み台に立つと西郷はすぐに話し出した。

「遅い時間に急遽集まっていただき申し訳ありません。ぜひとも本日中に、社員の皆様にお知らせしたいことがあり集まっていただきました。その前に、このたび、渡辺元社長が入院先の病院で、また佐藤前社長が旅先の中国で交通事故に遭われ、相次いで亡くなられました。お二人に心から哀悼の意を表しご冥福をお祈りいたします」

西郷は深く頭を下げた。

すかさず田崎総務部長が「黙禱――」と声をかけた。

「さて昨日、当社の大株主である銀行、証券の両社、それに当社が当局の家宅捜索を受けるという事件がありました。誠に残念なことです。容疑は私の社長就任前から問題になっていたことですが、今回の捜索を最後に決着すると聞いています。事件については申し上げることは何もありませんが、事件の発覚を前に銀行は当社向けの融資千五百億円を中間決算で全額償却することを決定しております。これにより当社は不良債権化している不動産向け融資を同額清算することができます」

西郷は一息入れた。社員の間にどよめきが起き、一斉に顔を上げて輝く目で西郷を見つめた。なかには一歩前に進み出る者もいた。

「これにより、当社の大きな重荷となっていた不良債権問題は解消し、太陽リース会社は健全な会社に生まれ変わり、新しい事業分野への進出、拡大も可能となり、皆さんが気にかけていた社員の削減、希望退職を募る必要はなくなります。このような明るい結果を得られたのは、不慮の死を遂げられた渡辺、佐藤の両社長の並々ならぬご尽力があったお陰であります。具体的なことは申し上げられませんが、そのことを本日皆さんにご報告できることをうれしく思う次第です」

一瞬、会場がどよめき、しばらくして一斉に拍手が起きた。部屋の入り口近くに立っていた田崎総務部長が頭を大きく振りながら西郷に向かって一歩前に出て大きく手を叩いていた。

「皆さん、もうひとつご報告申し上げることがあります。今回の一連の出来事を受けて銀行の頭取、証券会社の社長がそれぞれ新しい人に交代することになったと伺っております。そこで、渡辺、佐藤のお二人の強い意志を受け継ぎ、大きな障壁を取り除けたことで私の任務は終わったものとし、私も本日をもって社長を退任することにしました。先ほど辞表を提出してきました。三か月前、この場で、日は昇り、日は沈み、また昇る、と旧約聖書の言葉を紹介し、社員のだれもが与えられた所で全力を尽くせば会社はきっと良くなると信じると申し上げました。その思いは今も変わりません。どうか、次の新しい社長のもとで社業発展のために頑張ってください。短い期間でしたが、皆さん、ありがとう。さようなら」

「さようなら」、という声が震えていた。

その瞬間、なぜか涙が込み上げてきていた。辞表を出すことはこの日の朝、決断した。西山副社長が電話で野村社長は相当のショックを受けていると話したあとで、それまで考えていなかった急な決断だった。このため、いまだに実感が湧かないが、といって迷いはない。思うと、ここ数日の出来事が早送りの映像となって、一気に頭の中を駆け抜けていく。これで良かったと思う。すると胸が詰まった。西郷は、社員に向かって深く頭を下げた。

「社長――」

大きな声で叫び、田崎総務部長が駆け寄ってきた。つられるように前に立っていた四、五人の社員が飛んできた。

「社長、辞めないでください。辞表を撤回してください。お願いです」

涙声で田崎が西郷にすがった。年輩の社員が突っ立ったまま大粒の涙を流した。部屋から出る社員は一人もいなかった。

その夜、西郷は田崎総務部長と二人で会社近くの小料理屋で食事をしたあと、帝国ホテルのロビーで待っていた芳江と会い、十七階のバーに行った。そして、辞表を出したことを告げた。

「ご苦労様でした」

芳江はひと言、労をねぎらった。そして、「私も、会社を辞めます。これからもよろしくお願いします」

と声を潤ませた。

芳江と別れて帰宅したのは十二時近かった。

「西山副社長から、三回電話があったわ。今日中に電話が欲しいとのことよ」

玄関へ入るなり、妻の奈美は電話があったというだけで何があったかは聞かない。西郷は急に白けた気分になりながら、妻の顔をちらっと見て言った。

「今日、辞表を出してきたよ」

「そう、自由な身になれたのね」

けろっと言って先に居間に入った。西郷はその背中に向かって、

「旅に出る。明日、旅行会社へ行ってくるが、エジプトへミイラを見に行く。帰りにヨーロッパの都市を回ってこようと思っているが……」

「ミイラ――。いやだわ。一人で自由な旅をしてくるといいわ」

「そうしよう。旅から帰ったら、大学へ入る準備をする。考古学の勉強をするのだ」

「いろいろ夢があっていいわね。私も何かしようかしら……。副社長が電話を待っておられるわよ」

時計を見ると十二時五分前であった。西郷は一度脱いだ背広の上着に腕を通し姿勢を正して受話器を手にするとゆっくり番号を回した。ソファーに掛けた奈美が珍しいものを見るように西郷を見つめていた。

「西郷です。遅くなり申し訳ありません」

電話器の前で丁寧に頭を下げた。

「うん、野村社長から、帰り際に君が辞表を持ってきたので受理したと聞いた。すぐに君を探したのだが……。なぜ辞表を出す前に私に相談してくれなかったのだ。まあ、済んだことはいい。明日にも当社の顧問の手続きを取っておく。それで、近く開かれる臨時取締役会で役員に就任してもらいたい。いいね」

「お気遣いいただきありがとうございます。大変お世話になりました。しかし、私はもう会社に出る気持ちはありません。皆様によろしくお伝え願います。これで失礼いたします」

「西郷君――」

受話器の向こうで、西山副社長の叫び声が居間中に響くように聞こえた。西郷は電話機に向かって最敬礼し、静かに受話器を置いた。

「サラリーマン最後の挨拶ね」

ソファーで様子を見ていた奈美が横を向いたままさらっと言った。西郷は「ご苦労様でした」と優しい言葉をかけた芳江の顔を思い浮かべながら居間を出た。


明るい紺のジャケットに赤い羽根付きのチロリアン・ハットをかぶった西郷が成田空港の出発ロビーに立っていた。その笑顔には現役社長をしていた三週間前の面影はなかった。太陽リースの新しい社長に就任した川上と西郷の推薦で副社長に昇格した田崎が見送りに来ていた。旅行は一か月の予定で、二週間ほどエジプトで過ごしたあと、母親の跡を継いで茶道教授になりたいと西郷のあとを追うように退社した芳江とパリで落ち合い南仏を回ることにしていた。

「奥さんは見送りに来なかったのか」

川上が怪訝な顔を向けた。

「前々から退職したら気分転換の一人旅に行くと言ってあったからね」

さらっと西郷が答える。奈美は知らないことだった。川上は西郷を慕っていた芳江が西郷の辞めた翌日に退社したのを知っていた。

「そうか、うらやましいね。そのうち俺もそんな旅に出たいね」

と笑った。また、傍にいた田崎は丁寧に頭を下げ、「お世話になりました。お体に気をつけてください」と挨拶したが、それ以上、会社のことは口にしなかった。

「ところで、旅の目的は古代エジプトの美術を見ることだと言っていたね。ミイラも見るのか。ミイラの目玉はどうなっているのだ。萎んで豆粒のように小さくなっているのか」

川上が笑顔で聞いた。

「いや、人間の目玉は水晶体と硝子体でできているが、ミイラをつくるとき特殊な薬剤を注入してあるため、その多くが原形をとどめているのだ。中にはミイラになっても機能を保持しているものがあり、真夜中にパチッと開くこともあるそうだ。今、数千年前の残像を確かめようとミイラの目玉の研究が進んでいるという」

「それは、本当ですか」

田崎がまじめな表情で聞く。

「いや、これは、作り話だ」

子どものように目を輝かせて答える。

「まあ、夢、遙かだね。帰ったら真実を聞かしてくれ」

川上が声を上げて笑った。

あとがき

公園の桜が散りはじめたころ、一通の転居通知が届きました。

「役職定年になり、後任の若い所長が決まりましたので、下記へ引っ越しました。しばらくは営業所にいて定年まで働くつもりです。よろしく」と、印刷した新しい住所の上に手書きしてあります。

差出人は、現役時代に本社で一緒に仕事をした元同僚で、優秀な社員でした。連れだって上野公園へ夜桜を見に行ったことなど一緒に働いたころを懐かしく思い出しました。

振り返ると、平成のはじめバブルが崩壊したあと多くの企業が再生を目指して奮闘した時期が過ぎ、ようやく明るさが見え出したころでした。しかし一部に金融機関の不良貸し付け問題や権力闘争がくすぶるなど緊迫した雰囲気が漂っており、優秀な社員が若くして亡くなったり、なかには自裁という最期を選んだ者もいました。

定年まで働くことはサラリーマンにとって一つの目標で、また定年は、「その後の人生をどう過ごすか」を考える人生の節目でもあります。今や、人生百年時代、高齢化が進むなかで「定年後の人生」は大きな課題です。役職定年もひとつの節目です。

「しばらくは営業所にいて定年まで働くつもりです」という転居通知の末尾の一行に一抹の寂しさを覚えました。もっと前向きに、「しばらく働き、長年の夢の実現を目指します」とか、「精一杯働いて満足しています」といった心意気を伝えてほしかったのかもしれません。その一方で、時代とともに働く環境が変わっても、「人間の気持ちは変わらないものだ」と改めて思いました。「人間は、自分が考えるほど不幸でもないし、それほど幸福でもない」（ラ・ロシュフコー）といいます。ともあれ、人間として生まれてきたからには、清く、正しく、美しく、良心に忠実に生きたいものです。また、人にやさしく、愛をはぐくみ、これまでの人生で抱いてきた夢を実現したいものです。

この物語は、一通の転居通知に触発され、私の現役時代の体験や見聞にフィクションを交えて創作した、ある一人のサラリーマンのドラマです。主人公は権力闘争に巻き込まれるも、同僚への思い遣りの心を大切にし、「義を見て為《せ》ざるは勇無きなり」と義を貫きました。そして、組織の掟と、義や情の間に揺れ動き翻弄されながらも、「人間としてやるべきことは何か」を考え抜いた結果、ひとつの道を選択したのでした。

著者

著者プロフィール

砂原和雄（すなはら かずお）

1938年、岐阜県飛騨市生まれ。
上京して間もなく佐藤春夫に出会い、学生のころ度々訪問する。
産経新聞論説委員、清水建設社長室、明海大学講師を経て、
文筆活動に専念。
日本記者クラブ会員、日本エッセイスト・クラブ会員。
〔著書〕
『日本銀行物語　日銀マンの光と影』（1979年、泰流社）
『ザ・バンク　最先端を拓く三和マン』（1983年、産経新聞社）
『炎の森へ』（2008年、日本経済新聞出版）
『魂の刻』（2018年、静人舎）

夢、遥か

2019年11月18日　初版第1刷発行

著　者　砂原和雄
発行者　馬場先智明
発行所　株式会社 静人舎
〒157-0066　東京都世田谷区成城4-4-14
Tel & Fax　03-6314-5326

デザイン　小林茂男
印 刷 所　株式会社 エーヴィスシステムズ

ISBN978-4-909299-11-6